Absender unbekannt

Gefundene Zettel, Mitteilungen und Briefe

Herausgegeben von Davy Rothbart

Aus dem Amerikanischen von Simone Jakob

Kein & Aber

Hinweis des Herausgebers: Namen und persönliche Angaben von Personen
wurden zum Teil geändert oder unkenntlich gemacht.

Absender unbekannt versammelt eine Auswahl aus *Found* und *Found II,*
die 2004 und 2006 bei *Fireside,* einem Imprint von *Simon & Schuster,* New York, erschienen sind.

Deutsche Erstausgabe

Gestaltung und Bildbearbeitung: Urs Freitag, freitaggrafik
Lettering: Eugenio Arquint; Chantal Baumann & Gregor Herzig;
Palma Fiacco & Bernhard Bamert; Vera Fischer & Daniel Ambauen; Esther Freitag;
Walter Freitag; Beatrice Fritschi; Roland Hausheer;
Susanne von Ledebur; Anita Lemann; Letizia Lorenzetti;
Ursula Lustenberger & Dieter Fritschi; Lisa & Nicolas Lutz; Anna Meyer;
Lorenzo Moraschetti; Mareike Neumann; Saskia Sterel Freitag & Urs Freitag;
Stefanie, Urs, Pascal & Nicola Strebel; Anna von Tobel; Nils Wogram
Foto von Davy Rothbart: Dorothy Gotlib
Gesamtherstellung: Graphicum, Vicenza
ISBN: 978-3-0369-5243-7

www.keinundaber.ch

Dieses Buch sollte meiner Meinung nach jeder gelesen haben. Es ist nicht schwierig zu lesen, und ich glaube, es wird Ihnen gefallen.

Sie brauchen es nicht zurückzugeben, wenn Sie es gelesen haben, ich habe noch eins.

Lance DiBella

LESEN SIE DIESES BUCH!

GEFUNDEN von Ali Haimson & Corinna
bei Boxcar Books,
Bloomington, Indiana

Anthonys
Empfehlung:

Nicht von vorne bis hinten durchlesen. Der Wahnsinn wird dich verschlingen.

WARNUNG

GEFUNDEN von Davy Rothbart,

Ann Arbor, Michigan

Dies steht auf der ersten Seite eines Notizbuches, das ich im Fleetwood Diner fand.

1118 Jefferson, St.
Savannah, Georgia
18. April 1928

Mein liebster Schatz,

Mildred, bitte sag mir, ob du mich liebst oder nicht. Wie du weißt, mach ich dies Jahr meinen Abschluß. Unser Direktor hat mich gefragt, ob ich weggehen und Priester werden will. Ichhab ihm gesagt, ich muß erst meinen Daddy fragen. Ich hab ihn gefragt, und er hat gesagt wenn ich will kann ich gehen.Mildred ich lieb dich und werd dich immer lieben. Wenn du mich auch liebst, dann geh ich nicht weg denn wenn ich ja sag, kannich dich zehn Jahre lang nicht sehen. Also sag "ja" oder "nein", bitte, Mildred. SAG MIR DIE REINE WAHRHEIT?

Dein dich liebender Schatz

PS: UND VERGISS NICHT NICHTS ALS DIE REINE WAHRHEIT.

PLAN A

GEFUNDEN von Jeff Brown

Savannah, Georgia

PLAN B

GEFUNDEN von Rebecca Green,

Arkadelphia, Arkansas

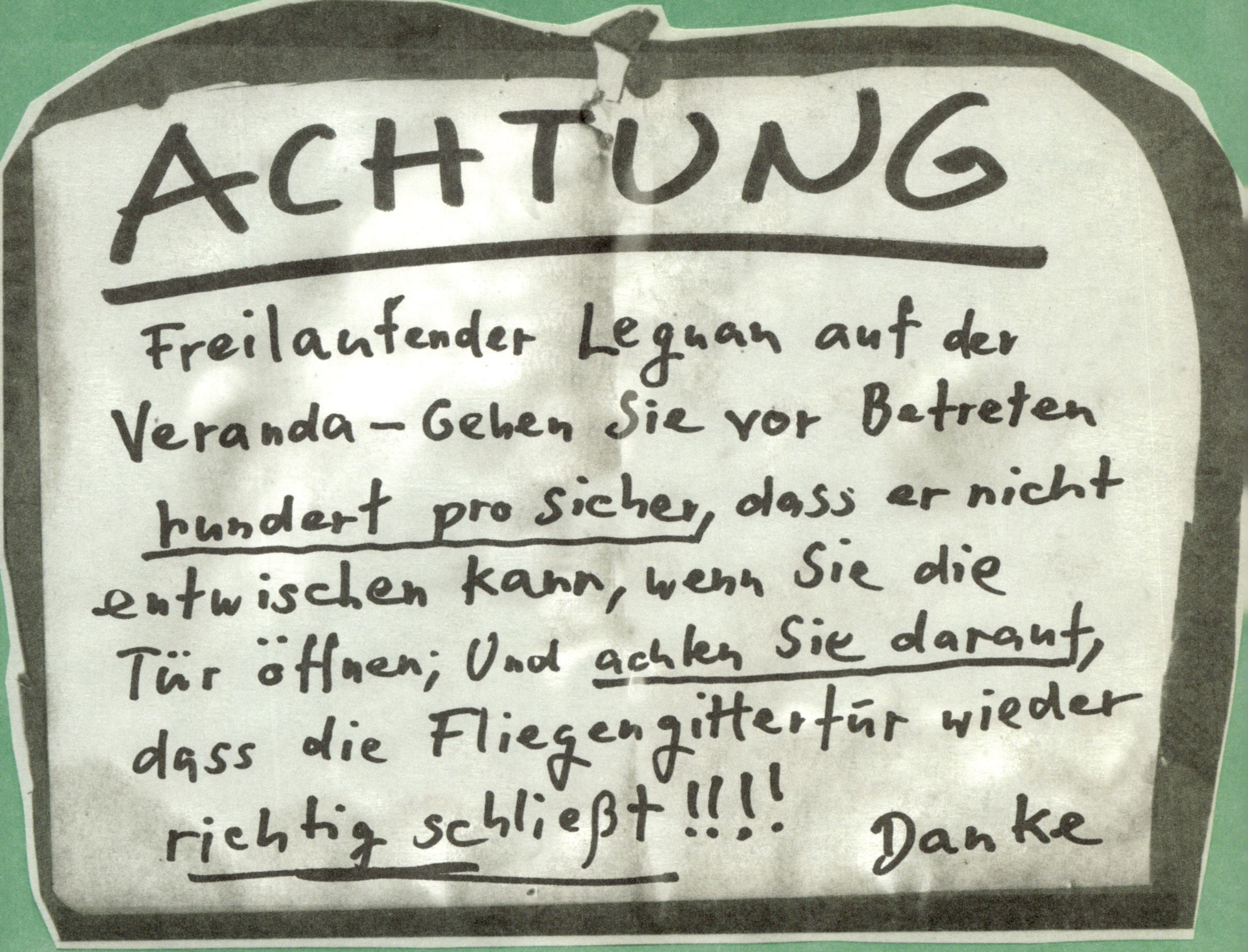

ACHTUNG

Freilaufender Leguan auf der Veranda – Gehen Sie vor Betreten hundert pro sicher, dass er nicht entwischen kann, wenn Sie die Tür öffnen; Und achten Sie darauf, dass die Fliegengittertür wieder richtig schließt!!!! Danke

HUNDERT PRO

GEFUNDEN von Dan Kallman, Northfield, Minnesota

Zeichnung von Paul Koob

NV Abenteuer Club

Wer mitmachen darf!
du musst über
Zäune klettern könen.
Du musst Abenteuer toll finden.

Clubmitglieder
Shane
Ethan
Carlos
Brandon

Regeln
- du darfst nicht verraten wo oder was der Club ist
- Nicht streiten im Club
- Nichts vorschlagen ohne Shane oder Ethan zu fragen
- Du musst nett zu Eichhörnchen sein

NICHT VERRATEN

GEFUNDEN von Laurie Carvalho,
East Providence, Rhode Island

In meinem Garten fand ich diesen Zettel, den anscheinend eins von den Nachbarskindern verloren hatte. Es scheint sich um einen Rohentwurf von Regeln für einen »Abenteuer-Club« zu handeln.

Am Tag nachdem ich ihn gefunden hatte, rief ich die Nachbarskinder (zwischen 5 und 8 Jahre alt) zu mir und fragte nach dem »Abenteuer-Club«. Sie waren ganz baff, dass ich von dem neu gegründeten Club wusste und machten große Augen, als ich ihnen die Regeln aufzählte. Sie wollten unbedingt wissen, woher ich diese streng geheimen Informationen hatte. Ich erzählte ihnen, mein Hund »Kismet« hätte sie belauscht, als sie die Regeln aufstellten. Sie fielen aus allen Wolken. Als sie wieder gingen, hörte ich das jüngste Kind ausrufen: »Boah! Kismet hat alles gehört!«

L.C.

Zeichnung von Dylan Stryzynski

KOTZTÜTEN-TRENNUNG

GEFUNDEN von Sarah Zurier

Die Leute benutzen wirklich alles Mögliche zum Draufschreiben. Gefunden am Los Angeles International Airport.

S. Z.

Es tut mir leid, dass du dies aus einer E-Mail erfahren musst, aber ich wollte es dir lieber nicht am Telefon sagen.
Ich glaube, es ist aus zwischen uns. Schon länger. Du hast keine Ahnung, wie sehr mich das trifft.
HINTER DEINER SCHUTZMAUER VERSTECKT SICH EIN MENSCH, DEN ICH MEHR ACHTE ALS IRGENDWEN SONST AUF DER WELT. DU WEISST NICHT, ~~WAS ALLES IN DIR STECKT~~ WOZU DU IMSTANDE BIST. DER MENSCH DER IN DIR STECKT, IST DER MENSCH, DER ICH GERN WÄRE. ICH HOFFE, ES FÄLLT DIR JETZT LEICHTER, DICH DEINEN

ÄNGSTEN ZU STELLEN. ICH BIN FÜR DICH DA, ABER ICH KANN DIR DAS NICHT ABNEHMEN. WENN ICH DIR IN DIE AUGEN SCHAUE, BIN ICH TIEF BERÜHRT VON DER LIEBE, DIE ICH DARIN SEHE. SIE IST WIE EINE DROGE FÜR MICH.
WIR KÖNNEN FREUNDE BLEIBEN. ABER JETZT SOLLTEST DU DICH ERST MAL UM DICH UND DEIN LEBEN KÜMMERN.

Es wäre nett, wenn Sie demnächst richtig einparken

DAILY RECORD OF EVENTS

An jeden, den es angeht:

Lern gefälligst richtig einparken, du Wichser!

Von einem stinksauren Mitbürger

DU WICHSER

Die »Parkzettel« wurden gefunden von DJ Anna Klafter, Honolulu, Hawaii; Andrew Causey, Chicago, Illinois; H. Bowers, Irmo, South Carolina; Jeff Brand, Chicago, Illinois; Scott und Susan Bryan, San Francisco, Kalifornien; Phil Strong, San Luis Obispo, Kalifornien; Amul, San Jose, Kalifornien; Tara Dionne, Mitchell, South Dakota; Liz Storm, Cœur d'Alene, Idaho und anderen wunderbaren Findern.

Sir,
wenn es Ihnen nichts ausmacht, bitte parken Sie wo Sie wollen, nur nicht hier. Ich würde gerne vor dem Haus parken wo ich wohne.
Danke!
Die Bewohner des Hauses 890E, 44 Strasse

WEGEN DIR KAM MEINE BEHINDERTE FRAU NICHT INS HAUS. ICH HOFFE DU VERRECKST AUF DEM RÜCKWEG NACH MICHIGAN. DIE RED WINGS SIND SCHEISSE
VERPISS DICH!!!

Ich wollte Ihnen nur mitteilen, dass Ihre Alarmanlage seit einigen Tagen ständig losgeht.
Einmal ist nicht schlimm, aber das war jetzt schon das 3. Mal. Bitte tun Sie was dagegen, es weckt jedesmal die ganze Nachbarschaft.
Danke!
Die ganze ehrliche Nachbarschaft

AN DIE SCHWARZE CORVETTE:
KRATZ DIE KURVE!

Danke, dass Du 2 Parkplätze belegst, du verblödeter Spacko.

DAS WORT RÜCKSICHTSLOS FÄLLT WOHL ALLEN EIN DIE AN SIE DENKEN

das war mein Parkplatz der hat sich blöd dazwischen gequetscht geben Sie ihm das Knöllchen

Es wäre nett wenn Sie Ihre Scheiß-Karre endlich von dem Scheiß-Parkplatz fahren weg da sonst krachts.
Paul Redmond
Anwohner

An den Lieferwagenbesitzer – sind dir andere Güter eigentlich völlig egal? Danke, dass du meins mit deiner Stoßstange zerkratzt hast. Ich hab dein Kennzeichen Arschloch.

Nochmals Schwein gehabt, beim nächsten Mal ruf ich die Polizei. Stellen Sie Ihr Auto weg

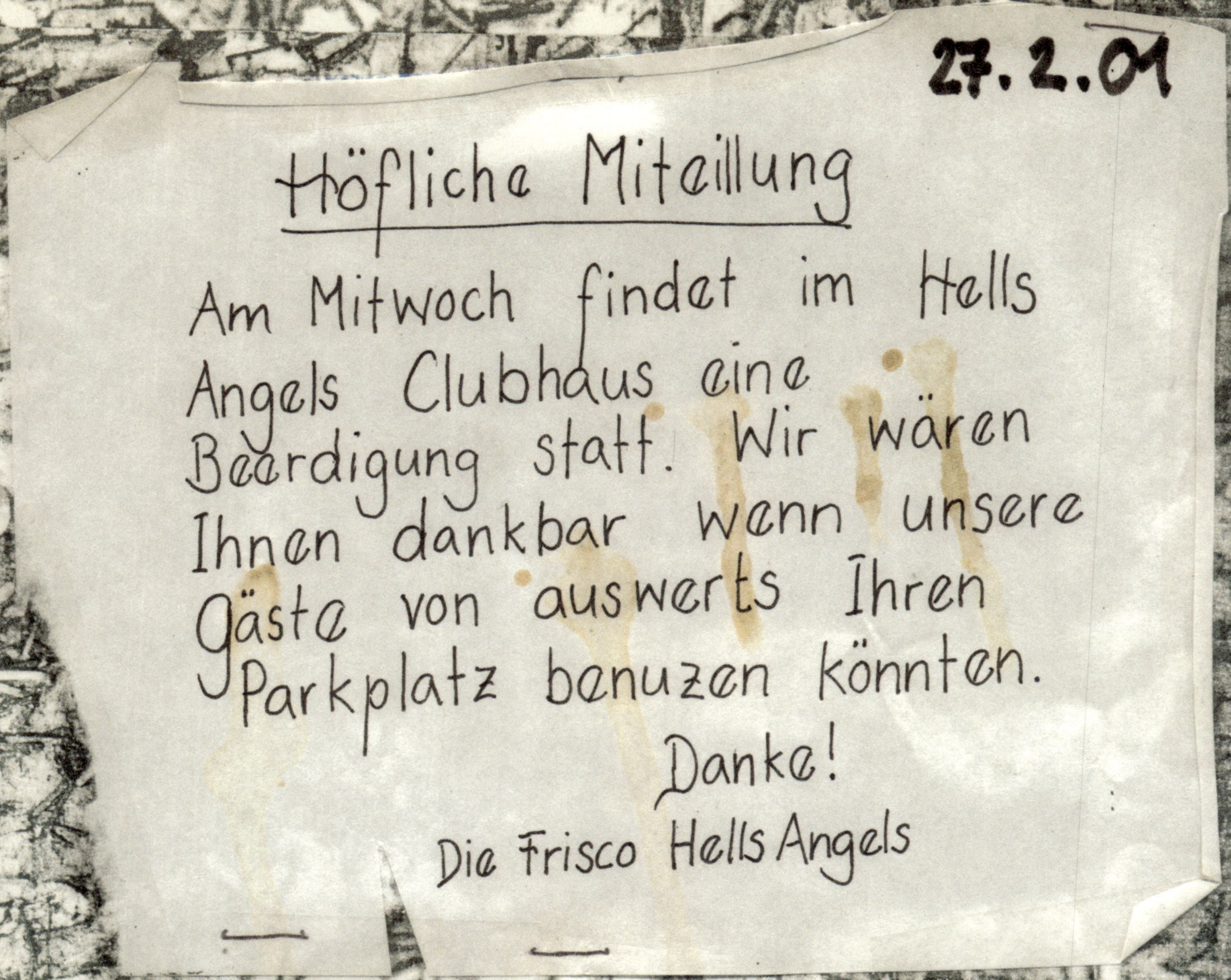

27.2.01

Höfliche Miteillung

Am Mitwoch findet im Hells Angels Clubhaus eine Beerdigung statt. Wir wären Ihnen dankbar wenn unsere Gäste von auswerts Ihren Parkplatz benuzen könnten.

Danke!

Die Frisco Hells Angels

PARKPLÄTZE FÜR EINE BEERDIGUNG

GEFUNDEN von Anna Klafters Chef, San Francisco, Kalifornien

RITZT DU DIR AUCH MANCHMAL AUS SPASS DIE HAUT? GEHST DU AUF DEN STRICH? [redacted] LEBST DU AUF DER STRASSE? [redacted] STEHST DU AUF SCHMERZEN? HÄNGST DU AN DER NADEL?

WENN JA, LASS UNS EINE BAND GRÜNDEN

RUF AN UNTER 244-0822 UND HINTERLASSE EINE NACHRICHT FÜR INNOCENT BYSTANDER JESSE

GEFUNDEN von Rachel Racecar, Vancouver, British Columbia

BAND-FLYER

VALENTINSGRÜSSE

Anleitung: Lies diese Valentinskarte im Dunkeln; es erwartet dich eine gruselige Überraschung!

GEFUNDEN von Paula Simone Cook. Durham, North Carolina

Mrs Ranson
ein Gedicht für Sie. Kunstlehrerinnen gibt's viele
ob gross ob klein aber Sie Mrs. Ranson werden
immer die beste sein auch wenn Sie mich hauen
und ich krieg die Wut. bald ist alles wieder
gut wenn ich Ihnen tschüss sag und meinen
Ranzen packe rollt mir immer eine Träne von
der Backe.

In Liebe
Armada

GEFUNDEN von Kim Mitchell, Philadelph...

AN: SEX⚡GRANATE

VON: Willst du wissen, wer ich bin, dann komm um 14.30 in die Bibliothek.

BATMAN and all related characters, names and indicia are trademarks of DC Comics © 2001.
HALLMARK CARDS, INC.
MADE IN CHINA
VBX108-3AC

GEFUNDEN von Mark Mayall, Maynard, Massachusetts

Diese Valentinskarte fand ich am Ende des Schuljahres beim Reinigen der Spinde, der Umschlag war ungeöffnet. Jemand hat sie wohl in den Spind geschoben, und Sexgranate hat sie übersehen. Liebe kann in der Highschool ganz schön knifflig sein.

M. M.

In Rinnstein GEFUNDEN von Phil Strong. San Luis Obispo, Kalifornien

Schönen Valin-
timstag du fette
Arschkuh.

P.S. Dachte mir, bei
dem Arsch brauchst
du keine Prahlinen mehr

GEFUNDEN von Sara Nowak, Plainville, Connecticut

Alle schenten Rosen
schwörn stundenlang dii Liebe
meine wächst wie starke Triebe
Das kann mann nicht kaufen
zum Valentinstag

GEFUNDEN von Rachel Frey, Minot, North Dakota

Zum Valentinstag.
Babe, hör mir zu und ich sag dir was ich fühl
Ich schwör, das ist kein Scherz
das ist Liebe und kein Spiel.
Deine Liebe ist mein Glück deine Liebe ist mein Schmerz
Sie rinnt durch meine Adern, sie brent in meinem Herz
Du bist drin in meinem Kopf bis ich nicht mehr denken kann
Du bist drin in meiner Sele
Und ich sag nur: Ohh Mann!
Du bist mehr wert als Gold und Edelsteine
Und darum schreib ich meine Reime
Kann meine Liebe nicht verschweigen
und ich werd's dir beweisen:
Ich mag was wir im Schaumbad machen.
Ich lieb dein Lachen.
Ich weiß, wir haben uns schnell gefunden.
Aber wir sind für immer verbunden.
Ich werd dafür sorgen
Frag nicht nach morgen
Egal ob arm oder reich
Ob pleite oder Scheich meine Liebe bleibt gleich.
Hab dich zum ersten Mal gesehn ↑
Und die Zeit blieb stehn
Musste dich haben
Nach deiner Nummer fragen
Rief dich an denn ich bin kein Poser
Dann hat's klick gemacht
Und jetzt weißt du ich bin kein Loser
Mein Herz schlägt schneller seit alles begann
Denn sie is mein Baby
Und ich bin ihr Mann
Sie kuckt über meine Schulter
Ja' sie liest was ich schreib
Und ich kann nachts nicht schlafen
Wenn sie nicht bei mir bleibt. Zum Valentinstag

GEFUNDEN von Cathy Heard, Philadelphia

Foto, GEFUNDEN von Kevin McGuire, Mount Pleasant, Michigan

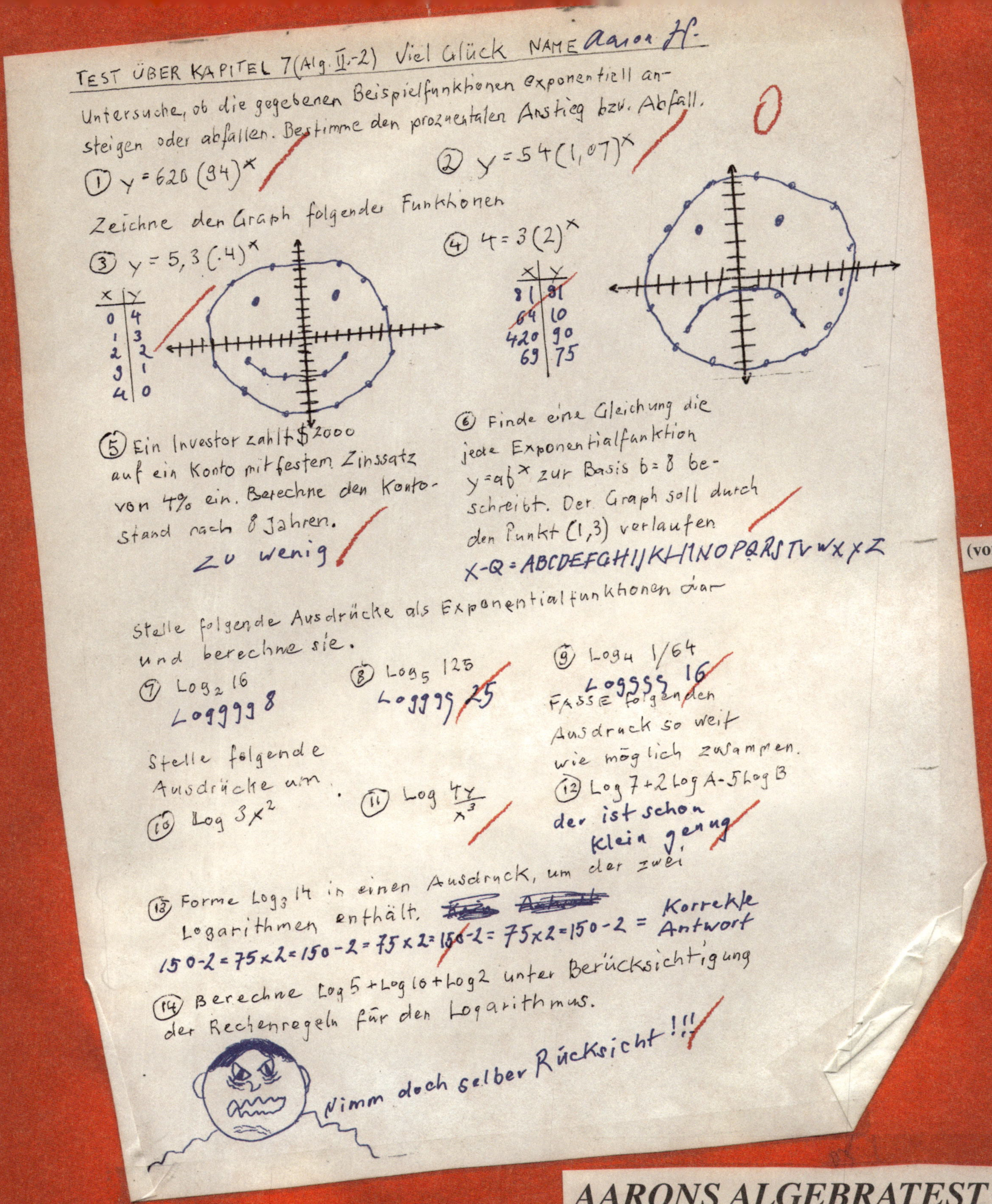
TEST ÜBER KAPITEL 7 (Alg. II-2) Viel Glück NAME Aaron H.

Untersuche, ob die gegebenen Beispielfunktionen exponentiell ansteigen oder abfallen. Bestimme den prozentualen Anstieg bzw. Abfall.

0

① $y = 620(94)^x$

② $y = 54(1{,}07)^x$

Zeichne den Graph folgender Funktionen

③ $y = 5{,}3(.4)^x$

x	y
0	4
1	3
2	2
3	1
4	0

④ $4 = 3(2)^x$

x	y
81	91
64	10
420	90
69	75

⑤ Ein Investor zahlt $2000 auf ein Konto mit festem Zinssatz von 4% ein. Berechne den Kontostand nach 8 Jahren.

zu wenig

⑥ Finde eine Gleichung die jede Exponentialfunktion $y = ab^x$ zur Basis b = 8 beschreibt. Der Graph soll durch den Punkt (1,3) verlaufen

X-Q = ABCDEFGHIJKHINOPQRSTVWXYZ

Stelle folgende Ausdrücke als Exponentialfunktionen dar und berechne sie.

⑦ $\log_2 16$ Logggg 8

⑧ $\log_5 125$ Loggggg 25

⑨ $\log_4 1/64$ Logggg 16

Stelle folgende Ausdrücke um

⑩ $\log 3x^2$

⑪ $\log \frac{4x}{x^3}$

Fasse folgenden Ausdruck so weit wie möglich zusammen.

⑫ $\log 7 + 2\log A - 5\log B$

der ist schon klein genug

⑬ Forme $\log_3 14$ in einen Ausdruck, um der zwei Logarithmen enthält. ~~Keine Antwort~~

150-2=75x2=150-2=75x2=150-2=75x2=150-2= Korrekte Antwort

⑭ Berechne $\log 5 + \log 10 + \log 2$ unter Berücksichtigung der Rechenregeln für den Logarithmus.

Nimm doch selber Rücksicht!!!

(vorne

AARONS ALGEBRATEST

GEFUNDEN von David Meiklejohn, Portland, Maine

Löse folgende Gleichungen

(15) $\sqrt{x^4} = 81$

Jippie
Jippie
Jippie
Jippie

(16) $\log_5 x = 3$

Jippie
Jippie
Jippie
Jippie

(17) $10^{2x} = 40$

Jippie
Jippie
Jippie
Jippie

(18) $x^{\frac{3}{2}} - 5 = 59$

(19) $4e^{2x} = 14$

(20) $\ln(2x5) = 10$

(hinten)

Ich bin Aaron
Und bin in Algebra II.
Ich sitz meine Stunde ab
Und lern nix dabei

Woran Killian redet
Kann ich echt nicht sagen
Eigentlich müsst ich's wissen
Und das schon seit Jahren
Aber ich hing nur rum
Sah wie die Zeit vergan
Ich saß auf meinem Arsch
Und hab nichts getan.

Ich schau an die Tafel
Und bin kein Stück heller
meine Chancen zu bestehen
ist ziemlich im Keller

Vielleicht krieg ich'ne eins
Aber wem mach ich was vor
Das ist nur Selbstbetrug

Etwas gibt's
worüber ich mich freu
Schlimmer wird's nimmer
Im Juni ist der Kurs vorbei.

JUHU!!!

Sie können Ihre Kommentare zu den jeweiligen Punkten sowohl auf die Vorder- als auch auf die Rückseite schreiben. Beispiele für mögliche Bewertungskriterien der jeweiligen Punkte sind angegeben; benutzen Sie diese oder andere relevante Kriterien, die Ihnen einfallen. Zählen Sie entsprechend positive und negative Aspekte auf.

3 = befriedigend

0 **1) KURS**
Kommentar (z.B. Inhalt, Struktur, Methode, pädagogischer Wert)

ICH KANN MICH AN DEN INHALT EINZELNER ~~UNTERR~~ UNTERRICHTSSTUNDEN ~~SOWIE~~ GENAUSO WENIG ERINNERN WIE AN ~~DIE~~ DIE LANGWEILIGSTEN MOMENTE MEINES LEBENS. DER PÄDAGOGISCHE WERT WAR SO VERSCHWINDEND GERING, DASS MEINE FRUSTRATION SICH IN HASS AUF DIE DOZENTIN VERWANDELTE, DER SICH IMMER MEHR STEIGERTE, SO DASS MEINE FAMILIE, MEINE FREUNDE UND VIELLEICHT SOGAR WILDFREMDE MENSCHEN DARUNTER LEIDEN MUSSTEN, BIS ICH EINEN PUNKT ERREICHTE, AN DEM ICH MICH SELBST HASSTE, WEIL ICH ~~DA~~ ÜBERHAUPT HINGING.

(z.B. Inhalt, Struktur, Methode, pädagogischer Wert)

Struktur? Welche Struktur?
Pädagogischer Wert gleich null
wir haben nichts gelernt
einseitige Einführung zum Thema NYC – nur Beth's Meinung
die Gastvorträge waren manchmal interessant – das einzig Interessante

KURS- UND DOZENTENEVALUATION

Herbst 19

8) ADJEKTIV Welches Adjektiv umschreibt den Kurs am treffendsten? GRAUSAM

0 3) INTELLEKTUELLE STIMULATION
(z.B. Anregungen zum eigenständigen Denken)
Kommentar (z.B. Anregungen zum eigenständigen Denken)

~~Unsinn~~ "Schwachsinn" ist das einzige Wort, das mir dazu einfällt, um es ganz krass zu sagen. Ich fand weder Ellen noch das Arbeitsmaterial stimulierend. Als wir die Aufsätze schreiben mussten, habe ich mir einfach irgendwelchen Schwachsinn aus den Fingern gesaugt, weil es mir eh am Arsch vorbeiging.

6) BEWERTUNGSMETHODEN (z.B. der pädagogische Wert von Tests, Aufsätzen, Hausarbeiten)

Die Aufsätze waren wohl nur als Denkübung gedacht, und als solche waren sie auch ganz nett, aber was sie mit den anderen Aufsätzen, Vorträgen, Referaten und Diskussionen zu tun hatten, ist mir schleierhaft. Überhaupt, was alle Aufsätze, Vorträge, Referate und Diskussionen mit den übrigen Aufsätzen, Vorträgen, Referaten und Diskussionen bzw. dem vorgeblichen Kursthema zu tun hatten, müsste noch geklärt werden.

5 3) KURS
Kommentar (z.B. Anregungen zum eigenständigen Denken)

ALS IHRE 25-PFUND-SCHWERE KATZE MIR IHRE KRALLEN IN DIE GENITALIEN SCHLUG,

…GSMETHODEN (z.B. der pädagogische Wert von Tests, Aufsätzen, Hausarbeiten)

ZIEMLICH KLEINLICHE BEWERTUNG UNSERER AUFSÄTZE, ABER ICH HABE IHR NICHTS VORZUWERFEN, AUSSER DEN BEKNACKTEN THEMEN ~~..~~, DIE SIE UNS VORGEGEBEN HAT.

2 = ausreichend

6) BEWERTUNGSMETHODEN (z.B. der pädagogische Wert von Tests, Aufsätzen, Hausarbeiten)

Ich habe keinen Schimmer, wie ich bewertet werde.

7) GRUPPENDYNAMIK Kursart einkreisen: Vorlesung/Seminar/Übung/andere = ______
(z.B. bewerten Sie z.B. je nach Kursart die Beteiligung, das Interesse, die Diskussionen und das Teilnehmer-Feedback)

Die Leute sind entweder viel zu spät oder gar nicht aufgekreuzt bzw. haben gepennt, mehr Dynamik war nicht.

9) SONSTIGE BEMERKUNGEN

Eine Bemerkung zu den Katzen: der Mülleimer stand in der Toilette. Darin war, nun ja, Katzenscheisse, eine der widerlichsten Substanzen, die der Menschheit bekannt sind. Wenn die Dozentin nicht wollte, dass wir auf die Toilette gehen, hätte sie uns das auf eine weniger eklige Art begreiflich machen können.

4 = gut

7) GRUPPENDYNAMIK Kursart einkreisen: Vorlesung/Seminar/Übung/andere = ______
(z.B. bewerten Sie z.B. je nach Kursart die Beteiligung, das Interesse, die Diskussionen und das Teilnehmer-Feedback)

Manchmal hatte ich das Gefühl, wenn plötzlich jemand angefangen hätte, in Zungen zu reden, hätten wir alle nur genickt und so getan, als wäre es ein geistreicher Beitrag, weil endlich mal jemand was GESAGT hat.

Bitte geben Sie Noten von 1 bis 5 und tragen Sie sie in das Kästchen neben jeder Frage ein.

BLUT UND TRÄNEN

GEFUNDEN von Jesse B.,

Durham, North Carolina

5 = ausgezeichnet

[SONS]TIGE BEMERKUNGEN

WENN ICH KÖNNTE, WÜRDE ICH DIES MIT BLUT UND TRÄNEN SCHREIBEN.

7) GRUPPENDYNAMIK Kursart einkreisen: Vorlesung/Seminar/Übung/andere = ______
(z.B. bewerten Sie z.B. je nach Kursart die Beteiligung, das Interesse, die Diskussionen und das Teilnehmer-Feedback)

ZWEI TAGE PRO WOCHE DURFTE ICH ~~MEI~~ MICH MIT KATZENHAAREN RUMÄRGERN UND MIR IHR LAHMES SINNFREIES GELABER ÜBER KUNSTTHEORIE ANHÖREN, UND WENN ICH GLÜCK HATTE, DURFTE ICH DABEI AUF EINEM STEINALTEN BAGEL RUMKAUEN, DER GEFÜHLTE ZWANZIGTAUSEND DOLLAR GEKOSTET HAT.

[2] 3) INTELLEKTUELLE STIMULATION
Kommentar (z.B. Menge und Beschaffenheit der ausgelösten Gedanken)

Ziemlich viel, ausgelöst durch Wut heftige Auseinandersetzung mit dem Thema.

[2] 3) KURS
Kommentar (z.B. Anregungen zum eigenständigen Denken)

Hmm... Ich hab ziemlich viel auf die Uhr geguckt. Manchmal habe ich mich gefragt, wie wohl Ben Daniels und Dave Kurtz aussehen, weil sie nie aufgetaucht sind.

1 = mangelhaft

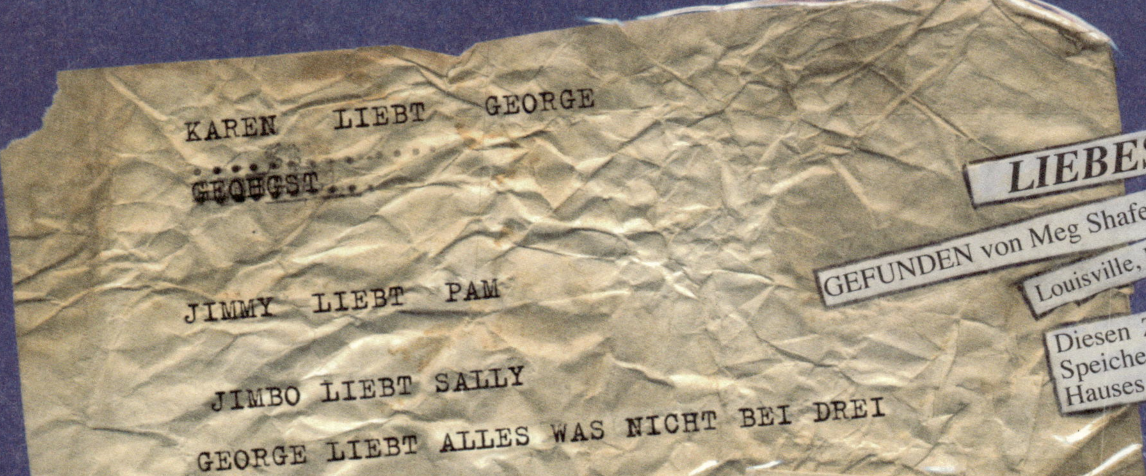

KAREN LIEBT GEORGE

GEOHGST...

JIMMY LIEBT PAM

JIMBO LIEBT SALLY

GEORGE LIEBT ALLES WAS NICHT BEI DREI

AUF DEN BÄUMEN IST

LIEBESTOLL

GEFUNDEN von Meg Shafer & Jason Graves,
Louisville, Kentucky

Diesen Zettel fanden wir auf dem Speicher unseres 80 Jahre alten Hauses unter den Dielen. M.S.

Foto, GEFUNDEN von Rob Toomey, Boston, Massachusetts

Damit es zu einem außergewöhnlichen!
intensiven und unvergesslichen Erlebnis wird

DER KUNDE IST KÖNIG

bei den Mülltonnen hinter dem Striplokal Club Rose,
GEFUNDEN von Kirk & Janis Fenton
Honolulu, Hawaii

1

Sorry wegen Freitag...
Ich dachte, das wärst du!! Ehrlich

2

Tut mir **echt** Leid wegen Samstag

3

EIN GEMEINSAMES LEBEN

GEFUNDEN von Sindhu Zagoren,

Boston, Massachusetts

Gründe mich NICHT zu lieben:

- Ich bin ein Schwein ☑
- Hab mit deiner besten Freundin geschlafen ☑
- Ich bezahle nie ☑
- Tür aufhalten ist was für Weicheier ☑
- Ich klammere (im Ernst, lass dich antihaftbeschichten!!!) ☑
- Ich HASSE KINDER ☑

PS.: Lass uns ein gemeinsames Leben aufbauen.

Diese drei Zettel fand ich an verschiedenen Bäumen auf meinem Weg zum U-Bahnhof Jamaica Plain. Am ersten Baum hing die Erklärung für Freitag, am zweiten die für Samstag und am dritten die praktische Checkliste.

S. Z.

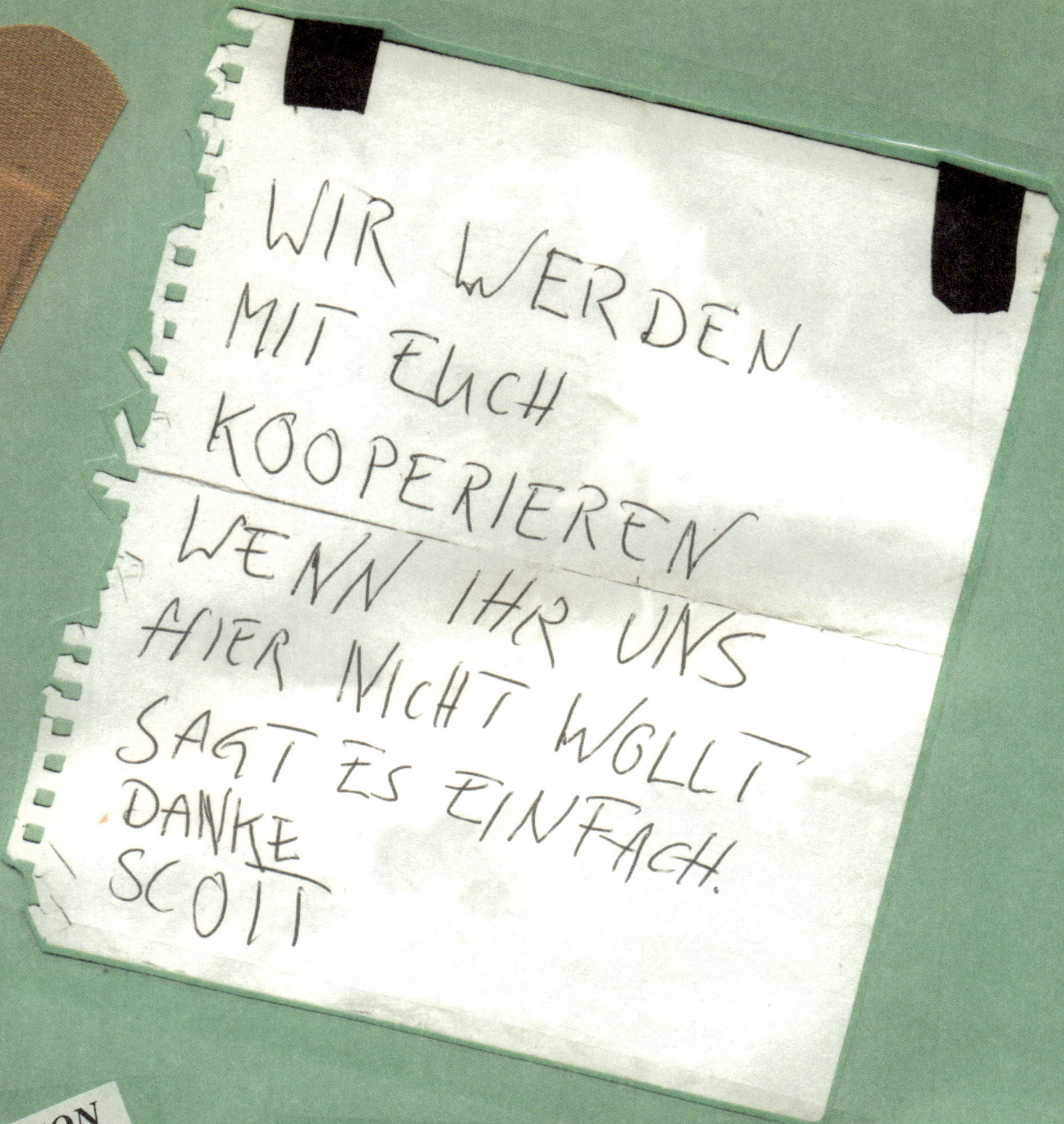

WIR WERDEN
MIT EUCH
KOOPERIEREN
WENN IHR UNS
HIER NICHT WOLLT
SAGT ES EINFACH.
DANKE
SCOTT

KOOPERATION

GEFUNDEN von Stacey Rubin,

Oakland, Kalifornien

Im Rahmen eines Programms der Obdachlosenhilfe, bei dem saubere Spritzen an Junkies verteilt wurden, habe ich mal in einem Viertel von West Oakland gearbeitet, das mich stark an Mad Max erinnert hat: Die Menschen lebten in Baracken aus Pappkartons und Hütten aus groben Holzbrettern. Wir hatten auch eine Krankenschwester dabei, und sie machte sich große Sorgen um einen Mann namens Scott, der einen ziemlich schlimmen Abszess am Bein hatte, weshalb er sich kaum mehr bewegen, geschweige denn laufen konnte. Scott teilte sich mit einem anderen Typen eine Unterkunft aus Pappkartons und Planen in der Ladezone eines Lagerhauses.

Ein paar Tage später ging ich mit einem anderen Team von medizinischen Betreuern wieder dorthin. Als wir nach Scott sehen wollten, war seine Unterkunft verschwunden, stattdessen hing nur noch dieser Zettel an der Wand.

S.R.

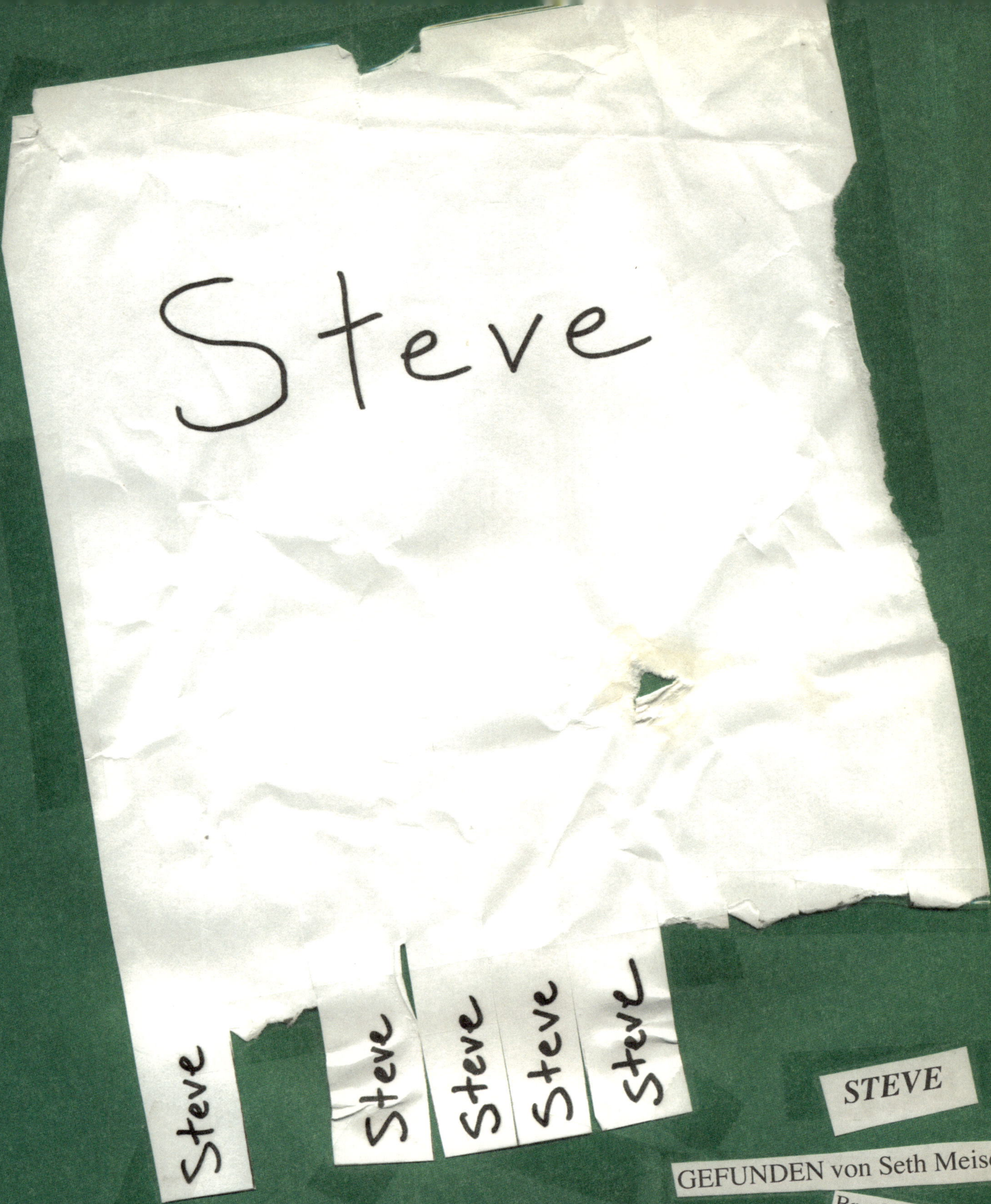

STEVE

GEFUNDEN von Seth Meisels,
Brooklyn, New York

Diesen Zettel fand ich auf dem Boden des Waschkellers in meinem Wohnhaus in Bed-Stuy. Noch kurioser als der Aushang selbst ist die Tatsache, dass fünf Leute den Namen abgerissen haben.

S. M.

Ladies "Bitte" Toilette
sauber halten "Bitte"
benutzte Papirtücher
gehören nicht zu Boden
geworfen. Wir haben eine
grosse Mülltonne "ziehen"
an Tür und guckst du
links.
Ich habe gesagt LADIES
Danke

GEFUNDEN von Leccia Manning, New York

GEFUNDEN von Candida, San Francisco, Kalifornien

EIN PAAR SITUPS UND EIN
BISSCHEN TRAINING
KÖNNTEN HEUTE
NICHT SCHADEN!!!!!!!!!!!

GEFUNDEN von David Wysocki,
Berkeley, Kalifornien

Kennt ihr das: Man deponiert die Reste eines köstlichen Mahls im Kühlschrank, freut sich den ganzen Tag darauf, nach Hause zu kommen, weil man weiß, dass da was Leckeres auf einen wartet – nur um dann festzustellen, dass es weg ist? Tja, diese Nachricht sorgt für Abhilfe.

DAVY

Hände weg oder ich mach dich **kalt!!**

Zwing mich nicht dazu, ich hasse Gewalt … aber wenn's sein muss, leg ich dich um.

Danke, P.J.

GEFUNDEN von Mike Montedoro, Jr., North Versailles, Pennsylvania

Beim Reinkommen & im Zimmer konzentrier dich – auf deine Aufgaben
anklopfen und abwarten –
vorstellen
erklären – warum ich da
neue Sachen ~~holen~~ einräumen

Hände waschen

aufräumen & saubermachen
was Leute schon haben gehört ihnen

Bett machen

Privatsphere respektieren

GEFUNDEN von Stephen Cramer, Detroit, Michigan

Diesen Zettel platziere ich gern zerknüllt und wie zufällig vor meinem Bett, damit alle, die in meinem Zimmer abhängen, mich für einen Womanizer halten.

DAVY

Danke für alles! x
Die letzte Nacht war der Hammer :)
♡ Heather

GEFUNDEN von Jordan Small & Nick, San Luis Obispo, Kalifornien

Ziele

I. Zur Kirche gehen. Gott finden, dann, durch Gott, mich selbst.

2. Auf Partys gehen. Neue Leute kennen lernen. Mindestens einmal pro Woche einen drauf machen. Mehr unternehmen. Denk dran... Mom hat Dad auf einer Party kennen gelernt.

3. Ab dieser Woche (10. März - 14. März) mit Mom zum Sport gehen

4. Viel Zeit allein verbringen. Mich selbst finden. Ich muss lernen, auch alleine glücklich zu sein. Ich weiß, ich bin schön. Ich weiß, ich bin ein wunderbarer Mensch. Ich weiß, ich bin klug. Ich weiß, ich bin Ich weiß, ich bin es wert, geliebt zu werden.

5. Einen neuen Job suchen. Morgen überall anrufen, wo ich mich beworben habe. Mich auch um andere Stellen bewerben.

6. allein in die Bar 200 gehen; mich der Musik hingeben. Allein viele kleine Konzerte besuchen.

7. am 31. März einen Kurs am South East Community College belegen. Ein Leben ohne Schulden. 49$. Montag, 31. März 2003. 7-10 Uhr Raum A-1. Doz: Meyer

8. öfter heimfahren und Familie besuchen. Mindestens 3x / Woche.

FINDE GOTT UND MACH EINEN DRAUF

GEFUNDEN von Fil,

Lincoln, Nebraska

23. MAI 1996

LIEBER RON,

JE MEHR ICH DARÜBER NACHDENKE, WAS WIR TUN, UMSO SCHLECHTER GEHT'S MIR. ES TUT MIR LEID, RON, ABER ICH FINDE WIR SOLLTEN UNSERE BEZIEHUNG BEENDEN; ZUMINDEST ALS ~~[illegible]~~ ALS PAAR. ICH LIEBE DICH, ABER ES IST EINFACH NICHT MEHR DASSELBE, SEIT WIR HERAUSGEFUNDEN HABEN, DASS WIR VERWANDT SIND. WENN DU JETZT NICHTS MEHR MIT MIR ZU TUN HABEN WILLST, VERSTEHE ICH DAS. ICH KOMME DICH WEITER SONNTAGS BESUCHEN WENN DU WILLST, ABER ICH WEISS EINFACH NICHT WAS ICH DIR NOCH SAGEN SOLL.

IN LIEBE,
DEINE ALISHA

ZULETZT LESEN GEFUNDEN von Mark Stevens, Durham, North Carolina

Ich fand diesen Brief in meinem Vorgarten, er war zusammengefaltet, nass und schmutzig. Auf der Außenseite stand »Zuletzt lesen«.

M. S.

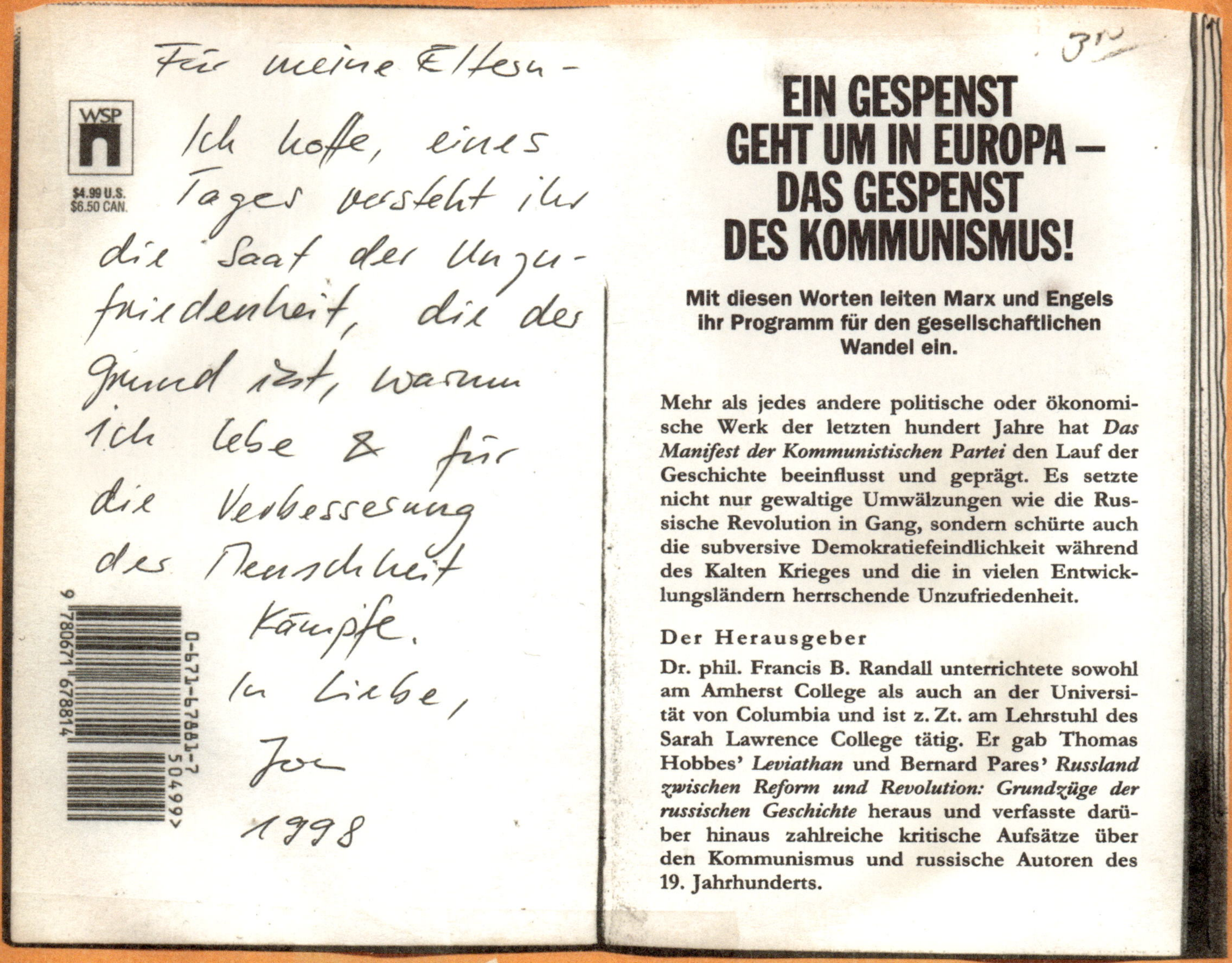

Für meine Eltern –
Ich hoffe, eines Tages versteht ihr die Saat der Unzufriedenheit, die der Grund ist, warum ich lebe & für die Verbesserung der Menschheit kämpfe.
In Liebe,
Joe
1998

$4.99 U.S.
$6.50 CAN.

EIN GESPENST GEHT UM IN EUROPA – DAS GESPENST DES KOMMUNISMUS!

Mit diesen Worten leiten Marx und Engels ihr Programm für den gesellschaftlichen Wandel ein.

Mehr als jedes andere politische oder ökonomische Werk der letzten hundert Jahre hat *Das Manifest der Kommunistischen Partei* den Lauf der Geschichte beeinflusst und geprägt. Es setzte nicht nur gewaltige Umwälzungen wie die Russische Revolution in Gang, sondern schürte auch die subversive Demokratiefeindlichkeit während des Kalten Krieges und die in vielen Entwicklungsländern herrschende Unzufriedenheit.

Der Herausgeber

Dr. phil. Francis B. Randall unterrichtete sowohl am Amherst College als auch an der Universität von Columbia und ist z. Zt. am Lehrstuhl des Sarah Lawrence College tätig. Er gab Thomas Hobbes' *Leviathan* und Bernard Pares' *Russland zwischen Reform und Revolution: Grundzüge der russischen Geschichte* heraus und verfasste darüber hinaus zahlreiche kritische Aufsätze über den Kommunismus und russische Autoren des 19. Jahrhunderts.

UNSER SOHN, DER KOMMUNIST

GEFUNDEN von Paul Nama,

Portland, Oregon

Diese Ausgabe von *Das Kommunistische Manifest* habe ich in einem Antiquariat gekauft. Ich könnte mir vorstellen, dass der Vorbesitzer ein junger Mann war, der Schwierigkeiten mit seinen Eltern hatte. Dass er ihnen das Buch geschenkt hat, ist wohl als ernsthafter Versuch zu verstehen, sich mit ihnen zu versöhnen und ihnen seine Weltanschauung näher zu bringen, aber seine Eltern waren vermutlich am Boden zerstört, weil er auf die schiefe Bahn geraten und obendrein ein Kommunist war. Sie haben es nicht gelesen, sondern bei der ersten sich bietenden Gelegenheit verkauft. Der tadellose Zustand des Buches – und der ungeknickte Buchrücken – sprechen für diese Theorie.

P.N.

SCHWEIN

GEFUNDEN von Taylor Hunter
auf dem Parkplatz einer Autobahnraststätte,
Los Alamitos, Kalifornien

DAD:
DU HAST ECHT SCHWEIN, DASS DER SCHWACHSINN, DEN DU ÜBER MICH ERZÄHLST, MIR ZIEMLICH AM ARSCH VORBEIGEHT, ABER ICH SCHWÖR DIR, WENN ICH NOCHMAL HÖRE, DASS DU LÜGEN ÜBER MICH VERBREITEST, GIBT'S WAS AUF DIE FRESSE, OHNE SCHEISS →

ICH SPIELE NICHT LÄNGER DEN SÜNDENBOCK FÜR DIESE VERKORKSTE FAMILIE. ICH WILL NICHTS MEHR MIT EUCH ZU TUN HABEN, MIT KEINEM VON EUCH.

P.S. DAS IST ALLES DEINE SCHULD, ICH WAR IMMER NETT ZU DIR, UND DU ZIEHST MICH DURCH DEN DRECK, ABER JETZT REICHTS

KRANK

GEFUNDEN von Mark Thomas,
Bend, Oregon

Ich bin Geistlicher in einem Krankenhaus. Als ich gestern nach dem Gottesdienst die Kapelle sauber machte, fand ich diesen Zettel, der zusammengeknüllt in einer Ecke lag.
M.T.

Lieber Gott,
Mein Dad ist sehr krank und liegt im Sterben
gib mir Geld
~~Gott~~verdammt noch mal

HI DAD, WAS GEHT AB

(EIN BRIEF AUS ERIE)

GEFUNDEN von Raspberry Rosen,

Erie, Pennsylvania

(1/24/01)

Hi DAd, WAS GEHT AB. HIER NICHT VIEL
BIN BLOSS AM ARBEITEN UND GELD SPAREN. ICH
FANG UM 6.60 MIT "KOCHEN" AN EINE STUNDE
IM OLD COUNTY BUFFET. DAd WENNS BEI EUCH
DA UNTEN KÜCHEN-JOBS GIBT SAG IM NÄCHSTEN
BRIEF BESCHEID. HAB ROBERT DEIN BRIEF GEGEBEN
OHNE DAS MOM WAS SPITZ GEKRIEGT HAT O.K.
ICH KANNS NICHT ABWARTEN ZU DIR ZU KOMMEN.
ERIE IST ÄTZEND: NIX LOS, VIEL ZU KALT, Wetter
IST AUCH SCHEISSE. MANCHMAL trink ICH BIER,
~~Bud~~ BUDWEISER ABER NICHT OFT. MANCHMAL
NEHM ICH AUCH DROGEN ICH RAUCH JOINTS UND ICH
HAB EINE COOLE BONG KANN ICH DIR ZEIGEN O.K. HAB
MIT OMA CHAPMANN GEREDET UND SIE SAGT
SIE SCHICKT DIR EIN BRIEF MIT bisschen GELD
RUNTER. DAD ICH WEISS NICHT OB ROBERT UND JILL
AUCH ZU DIR "RUNTER" KOMMEN ICH FRAG SIE.
(WENN NICHT KOMM nur ICH

DAD MIETE DIR EIN WOHNWAGEN wo BILLIG IST
hundert PRO Woche GEHT KLAR. DAD SUCH DIR EINE
BUDE UND SAG MIR WIE VIEL 'O.K.'. DAD ICH
NEHM DEN greyhound RUNTER DER IST BILLIG NUR
49 Dollar ABER MAN MUSS VORHER ANRUFEN. DAD
ICH HAB EINE MENGE KOHLE O.K. DAS REICHT
FÜR EINE BUDE FÜR UNS BEIDE O.K! DAD ICH
KANNS NICHT ABWARTEN ZU DIR RUNTER
ZU KOMMEN.

ANDERE SEITE ↘

DAd ICH KANN gut KOCHEN ICH KOCH UNS WAS ZUM ESSEN UND BRUZZEL UNS was AUF DEM GRILL. ICH HAB AUCH GANZ VIELE C'ds WIE AC/DC, LED ZEPPELIN, OVER KILL, METALLICA, PINK FLOYD, THE DOORS, JIMMY HENDRIX, JUDAS PRIEST, black SABBATH UND SO "ZEUG". WIR KÖNNEN ABHÄNGEN UND RICHTIG AUF DIE KACKE HAUN.

(ganz wichtig DAd)

ICH SCHICK DIR BRIEFMARKEN DAMIT DU MIR schreiben KANNST UND EINE TELEFONKARTE DAMIT DU ANRUFEN KANNST.

DAd WENN DU EINE BUDE GEFUNDEN HAST SCHICK MIR DEINE ADRESSE UND SAG MIR WO DU BIST. ICH VERMISS DICH UND KANNS NICHT ABWARTEN DICH ZU SEHEN WIR haben BESTIMMT JEDE MENGE SPASS.

MELD DICH DAMIT ICH WEISS was LOS IST O.K.

DAd ICH KOMM GANZ BESTIMMT ZU DIR RUNTER ICH KANNS NICHT abwarten ALSO meld DICH O.K.

"ICH LIEBE DICH"

MACHS gut DAd

UND BLEIB LOCKER O.K.

W/B/S!!

Dieser Brief wurde nach einem Platzregen auf der Straße gefunden, der Umschlag war an einen Mann in Arizona adressiert.

DAVY

Nov 1, 2004

Lieber Herr Lehrer,

ich habe am Wochenende ziemlich viel an Sie gedacht. Ich habe beschlossen, Ihnen etwas vorzuschlagen.

Zunächst sollten Sie wissen, dass ich verheiratet bin, und egal was ich tu, das steht für mich immer an erster Stelle! Ich steh auf ältere Männer, vielleicht weil ich mich selbst reif genug fühle, aber alles, was ich anpacke, muss seine Ordnung haben. Falls Sie nicht auf mich abfahren, kein Problem, wir können weitermachen als hätte ich Ihnen den Brief nie geschrieben. Falls doch lesen Sie bitte weiter.

Ich bin nicht so unschuldig wie Sie denken könnten, aber vielleicht haben Sie das ja schon gecheckt. Wenn ja, erzähle ich Ihnen erst mal bisschen was über mich, ich bin 26 und geh jeden Tag 2-4 Stunden aufs College. Ich liebe meinen Mann und will immer mit ihm zusammenbleiben, aber ich bin unter lauter Männern aufgewachsen und deshalb einen Tick egoistisch, ich kenne meinen Wert und weiß, man kriegt nichts geschenkt. Doch als Frau kann man sich mehr erlauben.

Wenn Sie Zeit mit mir verbringen wollen gibt's ein paar Regeln, die unbedingt befolgt werden müssen, und ein paar Sachen, die Sie über mich wissen sollten. Zuerst die Regeln, weil Sie nachher vielleicht nichts mehr von mir wissen wollen.

Regel Nr.1 Sie dürfen mich auf keinen Fall anrufen, deshalb muss ich Sie irgendwie erreichen können.

Regel Nr.2 Sie müssen sich von meiner Familie fernhalten.

Regel Nr.3 Sie müssen verstehen, dass es ein Privileg ist, mit mir zusammen zu sein, denn ich habe Sie ausgesucht, damit Sie ein paar meiner unbefriedigten Bedürfnisse befriedigen.

Regel Nr.4 Sie müssen verstehen, dass ich nur jemanden suche, mit dem ich Zeit verbringen kann, zum ins Kino Gehen oder zum Reden. Einen Mann, aber keinen Ehemann. Schließlich hab ich schon einen.

Regel Nr.5 Wenn wir zusammen ins Bett gehen, dann nur in einem Hotel, und Sie müssen die Rechnung zahlen. (Ich bleibe nicht über Nacht, aber egal, wie lang ich bleibe, es wird sich lohnen!)

Regel Nr.6 Bei mir muss alles seine Ordnung haben und wenn wir uns treffen, muss das geplant werden. Sie müssen auch wissen, dass ich die Pläne vielleicht wieder känzeln muss. Ist aber unwahrscheinlich.

Jetzt die Sachen, die Sie über mich wissen sollten. Ich bin seit fast 8 Jahren verheiratet, er sorgt für mich und seine Kinder.

SCHARF AUF DEN DOZENTEN

GEFUNDEN von Ben Zurawski
Beaverton, Oregon

Als ich in einer 10-Minuten-Pause im Kunstunterricht durch die Collegeflure schlenderte, entdeckte ich im Mülleimer unter einem gebrauchten Kaffeefilter diesen pikanten Brief. Ich weiß nicht, an welchen »Herrn Lehrer« er gerichtet ist, aber ich wüsste zu gern, ob er das Angebot angenommen hat.

B.Z.

Ich war bisher erst mit 5 Männern zusammen, mein Mann war der 4. Vor ungefähr einem Jahr hatte ich mal nebenbei was laufen. Es ging lange gut, aber dann wollte er mehr. Deshalb musste ich die Geschichte beenden, obwohl sie mehrere Jahre gehalten hat. Wenn Sie mich jetzt für eine Hure halten, können wir es gleich vergessen. Ich weiß dass ich keine Hure bin. Wenn wir Sex haben, muss ich wissen, mit wie vielen Leuten Sie noch schlafen, nicht aus Eifersucht, sondern weil ich verheiratet bin und Sie auch wissen mit wem ich ins Bett gehe. Ich sag Ihnen, wenn ich was mit jemand anders anfange (Eher unwahrscheinlich) Aber wenn ich das Gefühl habe, dass Sie es mit zu vielen Leuten treiben, mach ich Schluss. Nicht aus Eifersucht, sondern weil ich verheiratet bin und meinen Mann nicht mit irgendwas anstecken will. Sie werden mehr über mein Intimleben erfahren als mein Mann. Das liegt daran dass Sie Dinge tun werden, die er nicht tut.

Wenn Sie glauben, ich wüsste nicht, was Sie antörnt: das hoffe ich nicht, aber vielleicht können Sie mir ja noch ein oder zwei Dinge beibringen, ich bin offen für Neues. Ansonsten hoffe ich, Sie haben nichts dagegen, die Dinge kennenzulernen, die mich antörnen. Ich bin ein großes Mädchen und ich weiß, was mir gefällt. Ich hab auch keine Angst, es zu sagen. Ich mag's, wenn man es mir besorgt, und ich mag's, es jemand anders zu besorgen. Wenn Sie nicht auf meine Vorlieben eingehen wollen, können wir es gleich lassen. Denn eigentlich geht es hier um mich, und ob SIE mich befriedigen können. Im Gegenzug werden auch Sie immer befriedigt sein!

Außerdem rauche ich vor und während dem Sex gern Gras, das hilft mir, locker zu werden, und wenn Sie das nicht mögen kein Problem, aber versuchen Sie nicht, mich davon abzuhalten. Wenn ich nicht entspannt bin, hab ich keinen Spaß am Sex.

Ich weiß, ich habe Ihnen einiges zum Nachdenken gegeben. Deshalb werde ich Sie nicht auf den Brief ansprechen. Sie müssen den ersten Schritt tun. Ich weiß nicht, ob sie auch so empfinden, oder ob Sie die Regeln einhalten wollen (die Regeln müssen eingehalten werden). Ich hoffe, Sie überlegen sich das genau.

Bitte lassen Sie sich auf nichts ein, dass Sie nicht händeln können.

Eine ihrer Studentinnen
Ich gehe in einen ihrer Vormittagskurse und bin Afro-Amerikanerin.

P.S. Ich tue das nicht, um meine Note aufzubessern, ich besteh Ihren Kurs auch so, ich hatte eine 1 in der Zwischenprüfung Wenn Sie wissen wer ich bin, bestellen Sie mich in Ihr Büro und wir sprechen darüber. Erzählen Sie niemandem was davon ich habe genauso viel zu verlieren wie Sie. Vielleicht habe ich Sie deswegen ausgewählt.

J.A.

Mein hübsches kleines Fräulein: So muss ich Sie nennen, weil ich Ihren Namen noch nicht kenne, doch ich weiß, wo Sie wohnen, denn ich bin Ihnen gestern abend nach Hause gefolgt. Sollten Sie verheiratet sein, zerreißen Sie diese Karte und sagen Sie Ihrem Ehemann nichts davon. Sind Sie aber noch auf der Suche nach dem Mann fürs Leben, so wäre Ich bereit, den Sprung ins Ungewisse zu wagen, solange ich nur an Ihrer Seite lande. Wenn Sie mich kennenlernen möchten, tragen Sie morgen eine Zeitung unter dem Arm. Ich werde alles arrangieren.

Erwartungsvoll

© 1926 by Ex. Sup. Co., Chgo.

Zwei alte Fotos, GEFUNDEN von Kevin Sampsell,
Tillamook, Oregon

TRAGEN SIE EINE ZEITUNG UNTER DEM ARM

Lakewood, OH

GEFUNDEN von Cynthia Piper

Ich fand diese Postkarte in der Wand einer heruntergekommenen Scheune. Die neunzigjährige Besitzerin konnte sich nicht an diesen Verehrer erinnern, allerdings hatte sie noch drei Schwestern.

C. P.

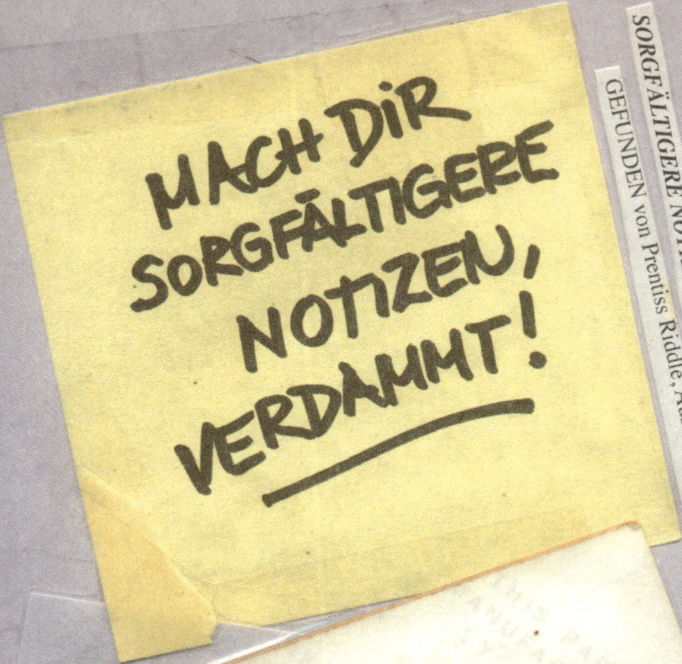

SORGFÄLTIGERE NOTIZEN
GEFUNDEN von Prentiss Riddle, Austin, Texas

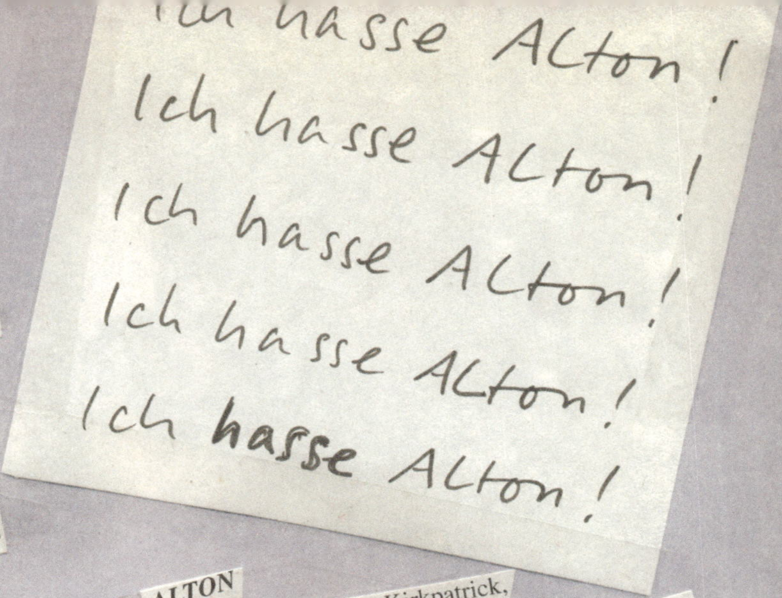

ALTON
GEFUNDEN von Will Golden & Kate Kirkpatrick, Houston, Texas

Wir standen im Supermarkt in einer langen Schlange und beobachteten, wie die Kassiererin – ein junges Mädchen um die zwanzig – hastig etwas auf die Rückseite eines Kassenzettels kritzelte, ihn zerknüllte und auf den Kassentisch warf. Schließlich waren wir an der Reihe, und die Kassiererin verschwand kurz, um unser Gemüse abzuwiegen, so dass uns gerade genug Zeit blieb, uns den zerknüllten Zettel zu schnappen und ihn zu lesen. Wir lachten immer noch, als sie zurückkam. Als wir bezahlten und uns bei dem Jungen bedankten, der unsere Lebensmittel eingepackt hatte, fasste mich Kate plötzlich am Arm und deutete auf sein Namensschild: ALTON.

W.G.

STILL WAITING GEFUNDEN von Jonas Westover, Plymouth, Vermont

DIE UNSICHTBARE
GEFUNDEN von Laura Geuskens und Damon, Phoenix, Arizona

Diese Bild fasziniert mich, denn wenn man das Mädchen in Schwarz mit dem Finger verdeckt, ist es, als wäre es nie da gewesen. Niemand scheint es zu bemerken. Alles ist wie gehabt: Der Lieferwagen mit den Melonen biegt um die Ecke, der Mann auf dem Fahrrad fährt vorbei, und die Frau überquert die Straße.

L.G.

KATZE FUTSCH

PÜNKTchen Ruft nicht wenn man kommt, humpelt, schmutzich, keine Marke. Belohnung. braucht Medizin. Schaum. Anrufen bei Station 404

GEFUNDEN von Tim Speed, Atlanta, Georgia

BELOHNUNG
KATZE
ENTLAUFEN

HÖRT AUF DEN NAMEN
BITCHY
ZULETZT GESEHEN
ECKE NORTH JUNE STR.
und DE LONGPRE AV.
AM 12.8.2002
WENN GEFUNDEN, BITTE
MELDEN BEI:
323/34

GEFUNDEN von Jay Koivu, Los Angeles, Kalifornien

KATZE
ENTLAUFEN

FETTER
WEISSGRAUER
KATER

HÖRT AUF »JACK« UND
»FEINES FRESSI«

BITTE MELDEN BEI:
LESLIE
CAMBRIDGE
734-64

GEFUNDEN von Cat Lardas, Ann Arbor, Michigan

KANINCHEN
GEFUNDEN

ZUGELAUFEN AM 9.9. IN
BERNAL HILL
BITTE MELDEN
UNTER: 697-7746

GEFUNDEN von Carole Okolowicz, San Francisco, Kalifornien

KOBRA AUSGEBROCHEN

Farbe: braun, schwarz, gelb, rot (Zähne),
blau (Farbe der Zunge)

Schlange reißt Köpfe ab.

Ist nicht stubenrein.
HÖRT AUF DEN NAMEN »PSYCHO«.
Länge: 2, 13 m
Gewicht: 20 kg

Achtung, Biss ist tödlich!
Schlange beißt, wenn man sie reizt.

BITTE MELDEN
UNTER DER NUMMER 510 – 32

Psycho hat einen starken schottischen Akzent.

GEFUNDEN von Anne Gunnison, Oakland, Kalifornien

FEHLT IHNEN
EIN HUHN?

Falls Ihnen oder jemandem den Sie
kennen ein Huhn entlaufen ist, bitte
melden Sie sich unter der Nummer:
848-9669

Datum:
10.11.98

GEFUNDEN von Mack Reid, Harper's Ferry, West Virginia

VERMISST
UND
GEFUNDEN

KATZENFÄNGER NR. 1

GEFUNDEN von Dan Tice,

Ventura, Kalifornien

Diese beiden Nachrichten fand ich zusammen mit anderen Papieren und Krimskrams im Kofferraum eines alten Chevy, den ich in der Vorstadt von L.A. gekauft habe. D.T.

Ein Mann in unserer Nachbarschaft fängt Katzen, und ich habe keine Ahnung, was er mit ihnen anstellt. Auch ich bin davon betrofen, denn ich füttere zusammen mit meinem Nachbarn von gegenüber 5 freilaufende Katzen, alle kastriert und sterilisiert. Niemand in der Nachbarschaft hat etwas gegen die Katzen, außer dem Mann, der diese schrecklichen Dinge tut. Einen Beschwerdebrief der Stadt habe ich schon beantwortet. Letzte Woche bemerkte ich, dass eine Katze fehlte. Zuerst hatte ich Angst, sie wäre überfahren worden, aber dafür gab es keine Anzeichen. Die fehlende Katze hatte nur 1 Auge, denn ich musste sie vor Jahren operieren lassen, weil sie eine schlimme Augeninfektion hatte und auf dem Auge sowieso blind war. Die Katzen stammen alle aus demselben Wurf von 1998. Jedenfalls, 2 Tage später fehlte beim Füttern wieder eine Katze. Gestern Morgen, als ich mit meinen Hunden spazieren ging, sah ich plötzlich, dass besagter Mann eine Tierfalle mit Katzenfutter aufgestellt hatte. Die Falle stand unter den Büschen in seinem Vorgarten. Ich habe Fotos von der Falle vor seinem Haus gemacht. Heute habe ich ihn mit dem Verschwinden der Katzen konfrontiert und gefragt, was er mit den Tieren macht. Er sagte bloß: „Haben Sie Beweise dafür, dass ich Ihre Katzen gefangen habe? Keine Ahnung, wovon Sie sprechen." Ich bin am Boden zerstört, weil ich diese Katzen aufgezogen habe und nicht weiß, was ich machen soll. Ich habe im Tierheim angerufen, und wenn sie Zeit haben, schicken sie jemanden vorbei, um zu überprüfen, ob der Mann eine Genehmigung hat, was ganz sicher nicht der Fall ist. Vielleicht hilft es, wenn man ihm schreibt und ihn bittet, damit aufzuhören. Ich habe solche Angst, dass das Tierheim erst jemanden schickt, wenn alle Katzen weg sind, und Gott allein weiß, was dieser Mann mit ihnen macht. Ich habe herausgefunden, dass noch eine andere Katze aus der Nachbarschaft verschwunden ist. Ich gebe hier die Adresse des Mannes an, falls jemand weiß, wen man um Hilfe bitte kann. Vielen Dank. Der Katzenfänger ist …

Frank Talbert
3663 Baytree Blvd.
San Luis Obispo, CA 92609
(805) 316-48

KATZENFÄNGER NR. 2

GEFUNDEN von Dan Tice,

Ventura, Kalifornien

25.06.2004 9: 26 Uhr

Liebe Nachbarn:

Ich habe erfahren, dass mein Nachbar überall in der Umgebung Zettel verteilt hat, auf denen er falsche Anschuldigungen gegen mich erhebt.

Ich versichere Ihnen, dass diese Anschuldigungen völlig aus der Luft gegriffen sind. Er behauptet in der Mitteilung, ich würde Katzen fangen. Dies entspricht nicht der Wahrheit. Weder habe ich Katzen gefangen, noch habe ich es vor.

Ich habe eine Lebendfalle für Ratten / Taschenratten auf meinem Grundstück aufgestellt, und diese hat der Nachbar gesehen. Die Falle blieb während der 3 Tage, die sie aufgestellt war, leer. Ich habe weder Ratten, noch Taschenratten, noch irgendwelche anderen Tiere gefangen. Ich versicherte dem Nachbarn, dass ich es weder auf seine noch auf andere Katzen abgesehen habe. Er war so aufgebracht, dass ich die Lebendfalle schließlich wegwarf.

Da der Nachbar jedoch in seinem anonymen Brief meine Adresse und Telefonnummer angegeben hat, erhielt ich Nachrichten auf meinem Anrufbeantworter, in denen man mir drohte, meinen Hund zu vergiften oder zu erschießen. Ich habe die aufgezeichneten Nachrichten der Polizei übergeben.

Ich schreibe dies, um Ihnen , liebe Nachbarn, zu versichern, dass ich kein Katzenfänger bin. Sollten Sie noch Fragen haben oder mit mir reden wollen, melden Sie sich einfach bei mir.

Danke

Frank

Frank
(805) 316-48

DIE HARMONIE DER WELT

GEFUNDEN von Michael Svoboda,

Portand, Oregon

(16)

Vinnie
(grinsend)
Klar, der ist gerade auf seine Maschine gesprungen und losgedüst. Komisch, er hatt die gleiche Aktentasche wie der Diamantenhändler.

Frank:
(brüllt)
Du Vollidiot! Er hat die Diamanten, los steig ein.

Schnitt zu:
Innen – im Sedan – Tag

Vinnie:
Was ist mit Paulie?

Frank:
(wütend)
Scheiß auf Paulie, der gierige kleine Mistkerl hat eins auf die Fresse gekriegt.

Schnitt zu
Außen – Straßenszene – Tag

Rudy fährt die Powell Street entlang ohne zu merken, dass er von den Gangstern verfolgt wird.

SEITE 16 GEFUNDEN von Cormac Symington, San Francisco, Kalifornien

SPRECHBLASE
GEFUNDEN von
Katie & Nina,
St. Louis, Missouri

Ich muss reihern.

Es funktioniert!
(Wenn auch
nicht wirklich)

WENN AUCH NICHT WIRKLICH
GEFUNDEN von Rhachel Shaw, Hollywood, Kalifornien

KEINE PÜDSCHAMA-PARTIS MEHR
GEFUNDEN von David Allison, Oak Park, Illinois

Liebe Claire
Herzlichen glükwunsch zum geburztag. Entschuldige das ich deinen geburztag vergesen habe. Ich möchte wider deine Freundin sein aber wir machen keine Püdschama-Partis mehr. Hier ist ein geschenk

Dinge, die ich in einen Safe legen würde:

Pass
CD
Geburtsurkunde
Testament

X 1/2 Kilo Butternusskürbis
Schlagsahne
[redacted]
Brot M Pepperidge Farm Croutons

*Kartoffeln
Zucker, Mehl
Hafermehl

WERTSACHEN

GEFUNDEN von Jainee,

Hinsdale, Illinois

NIE WAR AUSWAHL

SO KÖSTLICH!

GEFUNDEN von Dave Shelton,

Boulder, Colorado

Als ich kürzlich bei Schlotzky's ein Sandwich gegessen habe, ist mir diese Pro-Kontra-Liste aufgefallen, die jemand auf die Rückseite einer Karte gekritzelt hatte.

D. S.

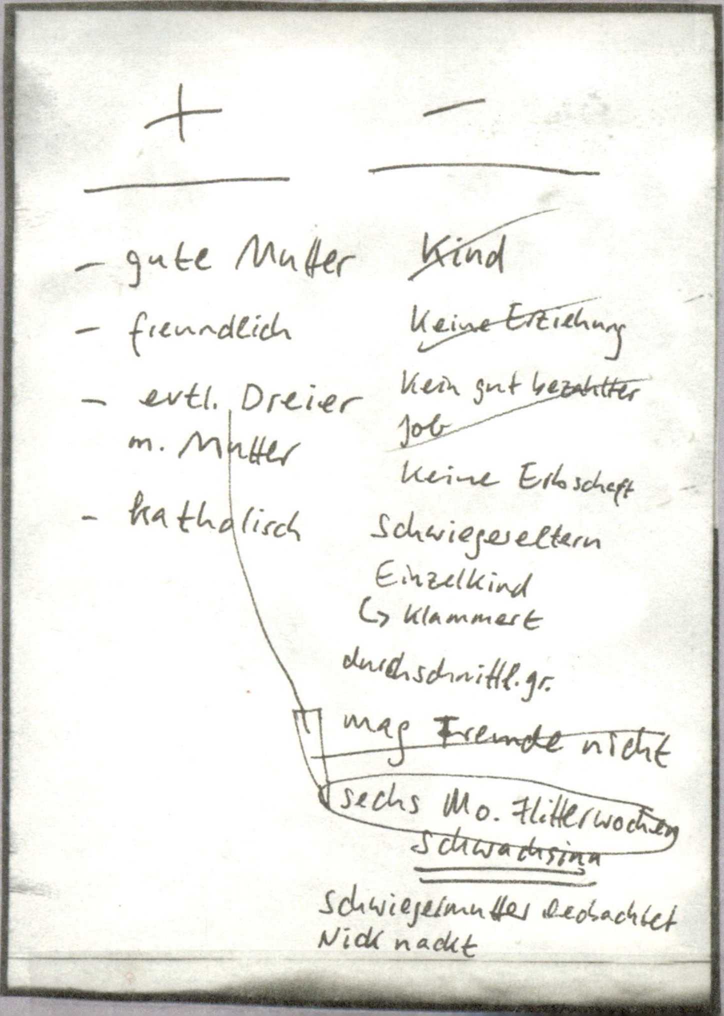

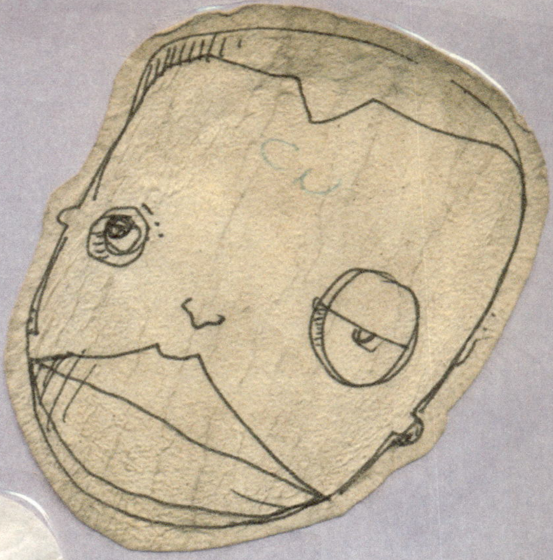

Nachteile

Andrew	Paul
durchgeknallt	noch durchgeknallter
mag keine fetten Leute	zu laut
kann sich nicht zw.	zu kindisch
Stency & mir entscheiden	

Vorteile

Andrew	Paul
habe ihn geheiratet	Kind
war immer guter Freund	Haus
Sex (?)	Geld

ANDREW VS. PAUL

GEFUNDEN von Ivy Tominack,
St. Charles, Missouri

Zeichnungen, GEFUNDEN von Alisha McKinney, Rochester, New York

PRO
Gentleman
sieht gut aus
kann gut mit Kindern
sehr sportlich
vertrauenswürdig
spart Geld

CON
Weichei
weiß es
will keine Kinder
Aber Tennis?
vertraut mir nicht
ziemlich etepetete

VORTEILE
höflich
nett
macht tolle Geschenke
aufmerksam
witzig
- findet mich zu rechthaberisch
- vergleicht uns zu oft mit Brenda und Nate
- mag Mom vielleicht nicht

Noch mehr Nachteile

NACHTEILE
- Jammerlappen
- manchmal mürrisch
- putzt sich zu selten die Zähne
- muss zum Badputzen geprügelt werden
- raucht manchmal
- fühlt sich zu wohl in der Kleinstadt
- ich bin „nicht sein Typ"
- hat Angst vor der Ehe

Zeichnung, GEFUNDEN von Kelly Fraser, Taipeh, Taiwan

NOCH MEHR NACHTEILE

GEFUNDEN von Stephanie Y., Hillsdale, New Jersey

Diese Liste fand ich zusammengefaltet auf einer Theke eines Waschsalons. S. Y.

Foto, GEFUNDEN von Sarah Arteaga, Conway, Arkansas

YOUR OWN PERSONAL JESUS

Gefunden von Davy Rothbart,

New York

DIE SAHNESCHNITTE

GEFUNDEN von Big Em, Chicago, Illinois

Inbox von [redacted]@yahoo.com Yahoo! – Mein Yahoo! Optionen – Abmelden – Hilfe

powered by hp Mail Adressen Kalender Notizblock

Antworten | Allen antworten | Weiterleiten | Nachrichten nach | Prev | N

Löschen | - Ordner auswählen - | Verschieben | Markieren als

Speichern u

Drucken-

Nachricht markieren

Adresse sperren | Zu Adressbuch hinzufügen

Nachricht ---
[redacted] Von: [redacted]
[mailan: [redacted]]
[redacted] Datum: Wednesday, May 15, 2002 10:05 AM
[redacted] An: [redacted] '[redacted]';
'[redacted]@hotmail.com';
[redacted]'[redacted]@hotmail.com; '[redacted]@hotm
[redacted]'[redacted]@hotmail.com'; '[redacted]@ho
[redacted]'[redacted]@hotmail.com' '[redacted]
[redacted]';
[redacted]'; '[redacted]
[redacted]@hotmail.com';
'[redacted].com';
[redacted]'[redacted].com'; '[redacted].com
[redacted]'[redacted]@hotmail.com';
[redacted]'[redacted]@hotmail.com'; '[redacted]@hotmail.
[redacted].com';

Betreff: Sahneschnitte …

Der neueste Stand der Dinge

Nun … Mr. Colin [redacted] stand so gegen 20.15 vor der Tür. Er trug eine schicke Jeans, ein Hemd und ein schwarzes Jackett. Für das Outfit gebe ich ihm eine "2". Was sein Aussehen angeht, er ist süß, aber ziemlich klein, und seine Haare sind mir einen Tick zu lang. Zwar keine Matte, nur länger, als ich es mag, aber reiten wir nicht darauf 'rum, ihm steht es irgendwie. Für sein Aussehen kriegt er also noch eine "2" von mir. Sein Auto – ein BMW, wie gesagt. Ein tolles Auto, dafür gebe ich ihm eine "1". Für seine guten Manieren und seine Höflichkeit kriegt er eine "1+". Marcie, er hat mir jedes Mal die Autotür aufgehalten! Superaufmerksam. Für sein Gesamterscheinungsbild hat er eine "2+" verdient.

DAs Restaurant, in das wir gegangen sind, kriegt von mir auch eine "1". "Der Weinkeller" hat genau das passende Ambiente für ein Rendez-vous. Ich bin eigentlich keine Weinliebhaberin, aber ich habe das Gefühl, ich könnte eine werden. Wir hatten beide 4 verschiedene Weißweine und dazu eine Käseplatte, die perfekte Beilage zum Wein. Der Laden ist super, ich kann euch nur empfehlen, den Mann/die Frau eurer Wahl dahin auszuführen. Danach sind wir in ein Restaurant namens "Zur schwarzen Ente" gegangen. Noch ein toller Laden! Die Locations für das Rendez-vous kriegen von mir eine "1".

Übrigens, Mädels, diesen Sommer müssen wir mehr auf der Randolph Street unternehmen, da gibt's einfach die geilsten Läden!

Ich könnte mich jetzt seitenlang darüber auslassen worüber wir gesprochen haben etc. pp., aber das würde den Rahmen dieser E-Mail sprengen.

Die Verabredung endete damit, dass ich angetrunken, wenn auch nicht völlig hinüber war. Kein Kater. Ich nehme an, er war auch einiges intus, aber weil er gefahren ist, wollte ich es nicht so genau wissen und hab nicht gefragt.

Übrigens, ich für meinen Teil kriege eine "1+" dafür, dass ich so unverschämt heiß aussah. Ich trug meine etwas längere Caprihose von Guess in einem dunklen Khaki-Ton mit einem weißen T-Shirt von Hanger 18, das den unteren Rücken frei läßt und dazu meine neue Jacke mit Ärmeln im Empire-Stil. Ich war das perfekte BABE. Er hatte keine Chance. Meine Sorge, nicht gut auszusehen, war in dem Outfit wie weggeblasen.

Bevor ihr irgendwelche voreiligen Schlüsse zieht, JA, ich habe bei ihm übernachtet, aber nur, weil ich fast auf seinem Sofa eingeschlafen bin und er so höflich war, mich zu fragen, ob ich nach Hause will, woraufhin ich ihm gesagte habe, er kann mich am nächsten Morgen zurück fahren, sonst ist NICHTS gelaufen. Ehrlich, wir haben uns nur geküsst, und das war nicht mal in seiner Wohnung. Ich glaube es war in der "Schwarzen Ente", bin mir aber nicht ganz sicher, wann und wo. Aber ich muss sagen, ein WAHNSINNS-Küsser. Der Kuss kriegt von mir eine "1". Echt, ich bin schon nicht mehr so geküsst worden, seit, naja, lassen wir das, seit einer Ewigkeit. Dazu muss man sagen, dass meine Zungenküsse auch nicht von schlechten Eltern sind, ungelogen. Wenn ich gutes Ausgangsmaterial habe, bin ich eine verdammt leidenschaftliche Küsserin.

Lara - dir hätte Colins Art bestimmt gefallen. Tatsächlich hättet ihr wahrscheinlich alle gemocht, wie er meine verquere Art zu denken herausgefordert hat.

Irgendwann kamen wir darauf zu sprechen, was es für ein Zufall war, dass wir uns kennengelernt haben etc. pp., und wie er bei unserem ersten Gespräch gesagt hat, ich sollte ihn anrufen, und ich ihm geantwortet habe: "Ich sag's dir ganz ehrlich, ich melde mich nicht bei dir, du notierst dir besser meine Nummer und rufst mich an." Dass er eine Woche gewartet hat, bis er mich zum ersten Mal angerufen hat, lag also an meiner Oberflächlichkeit oder wie immer ihr meine Art, die Oberhand zu behalten, nennen wollt. Ist ja auch egal, schließlich hat er am Ende angerufen und nicht ich.

So, bleibt die Frage, wie stehe ich jetzt insgesamt zu Mr. Colin und dem Date … Das Auto, das Geld, der Job, die tolle Wohnung, das Boot - in dem übrigens nur 6 Personen Platz haben, was mich nicht vom Hocker reißt, seine Eigenheiten und sein toller Kuss, all das bedeutet, dass ich sehr wahrscheinlich noch mal mit ihm ausgehen werde, aber … Ich sage euch, solange er nicht zum Frisör geht und mir Geschenke macht, ist er nicht mehr für mich als mein erster 30jähriger FREUND (ich glaube, er ist erst 28, aber egal, ich runde auf). Außerdem steht der Sommer vor der Tür und es WIMMELT nur so von tollen Typen, also halte ich mir ein Hintertürchen offen und ein paar Termine im Kalender frei für den einen oder anderen heißen Sommerflirt …

Tja, ich hoffe, dieser Bericht über einen Tag aus dem Leben von Miss Jackie [redacted] hat euch gefallen, falls ihr Kommentare zu meinem Date, meinem Outfit, dem Kuss oder sonst was abgeben wollt, nur zu. Wenn ihr die ganze Geschichte wissen wollt, erreicht ihr mich folgendermaßen: per Telefon, per E-Mail, persönlich oder per SMS.

Oh, und nächste Woche gehen wir zusammen zu einem Spiel der Cubs. Mal gucken.

Und übrigens, Mädels - sein Freund Brian ist süß, Single und auch ein Day Trader. Day Trading ist übrigens leicht verdientes Geld, er kann in Freizeitklamotten zur Arbeit gehen und ist spätestens mittags wieder zu Hause. Hallo? Wann ist Day Trading je bei der Berufsberatung in der Schule erwähnt worden?

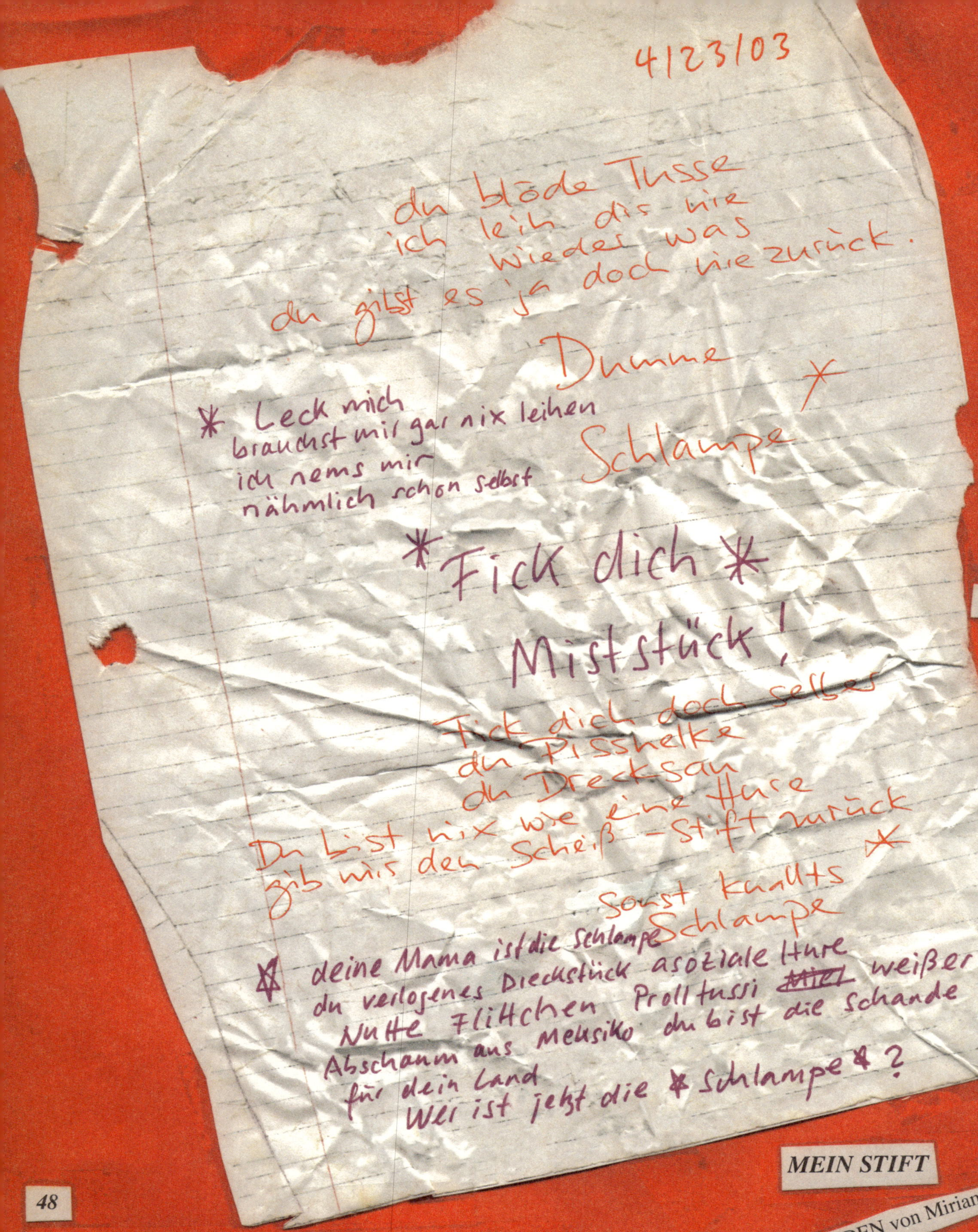

4/23/03

du blöde Tusse
ich leih dir nie
wieder was
du gibst es ja doch nie zurück.

Dumme
Schlampe *

* Leck mich
brauchst mir gar nix leihen
ich nems mir
nähmlich schon selbst

* Fick dich *
Miststück!

Fick dich doch selber
du Pisshelke
du Drecksau
Du bist nix wie eine Hure
gib mir den Scheiß-Stift zurück *
sonst knallts
Schlampe

* deine Mama ist die Schlampe
du verlogenes Dreckstück asoziale Hure
Nutte Flittchen Prolltussi weißer
Abschaum aus Mexiko du bist die Schande
für dein Land
Wer ist jetzt die * Schlampe * ?

(vorne)

MEIN STIFT

GEFUNDEN von Miriam,
Appleton, Wisconsin

Diesen Zettel haben sich zwei Mädchen anscheinend heimlich im Unterricht geschrieben. Am meisten Spaß macht es, wenn man ihn zusammen mit einem Freund mit verteilten Rollen vorliest!

DAVY

Mit dir sprech ich doch nicht du bist
es gar nicht wert, du Schlampe, Asi,
Hure, Bückstück, selber verlogenes
Dreckstück grosse Klappe aber nix
dahinter du Trampel lass dir endlich
mal ne gescheite Frisur verpassen und
wenn du schon dabei bist mach irgendwas
was mit deiner Hackfresse du Kinderschreck

Schlampe

Wenigstens kack ich dieses Jahr nicht ab und muss
SCHON WIEDER im Sommer nachsitzen! Oder
bin auf nem Trockner gevögelt worden

was willst du damit
sagen Miststück
wir werden ja sehen

Schlampe

du bist auch kein Alles-Checker niemand
ist perfekt – kapiert, ausserdem war das
in der 6. Klasse, du Arschkuh, ich will
nie wieder was mit dir zu tun haben nie
wieder komm bloss nicht mehr angekrochen
dämliches Miststück

"Leck mich"

Miststück

(hinten)

Hast du sie noch alle

das war bis jetzt nur ein Spiel

Fotze

dann bis später

SCHLAMPE!

leck mich

Miststück

leg dich nicht mit mir an
spielt mit mir und du spielst mit dem
Feuer

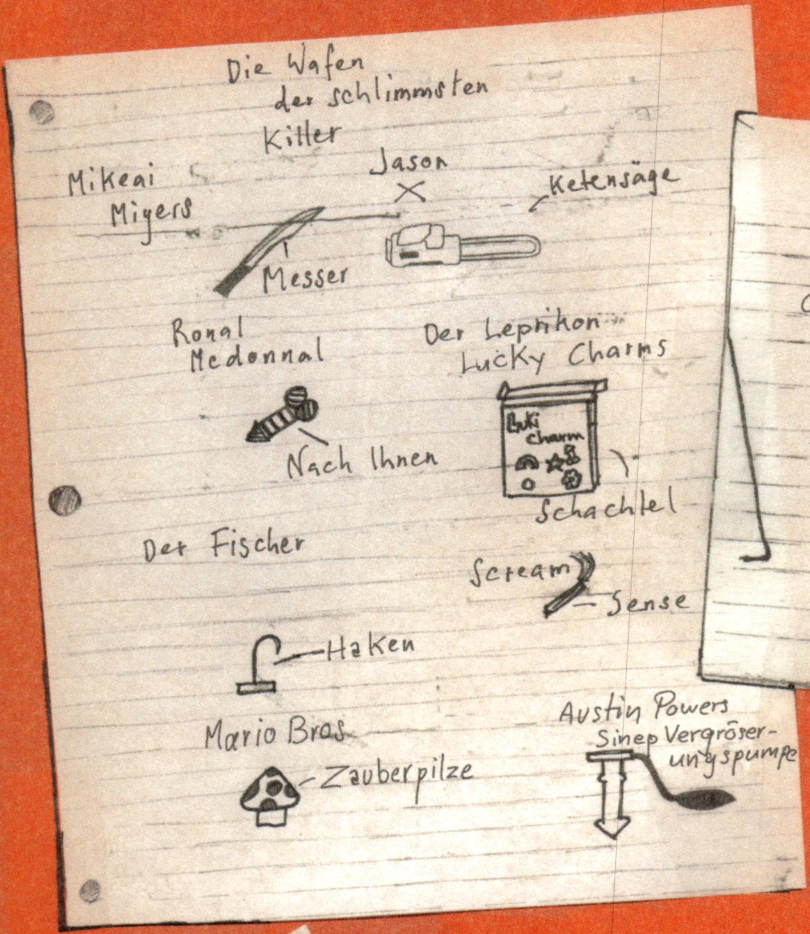

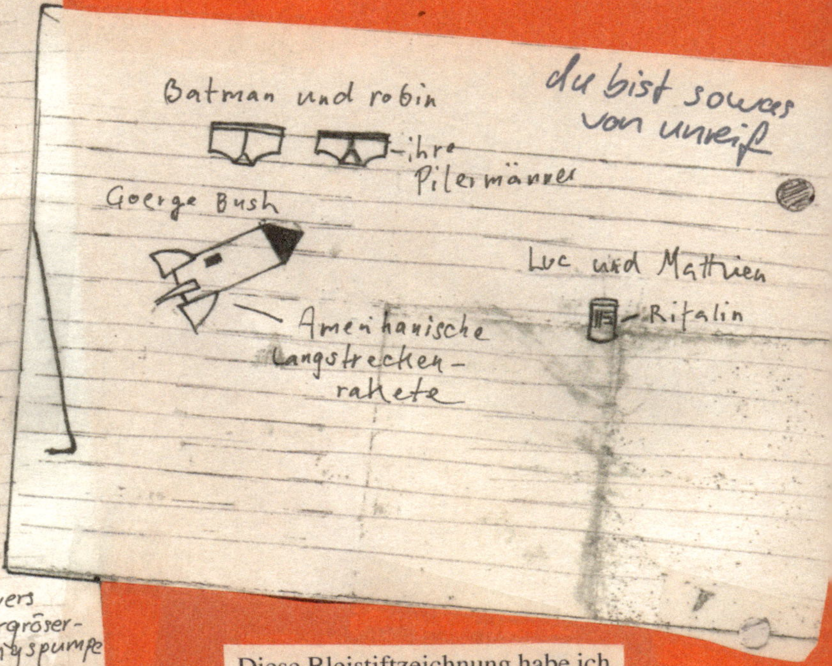

Diese Bleistiftzeichnung habe ich tropfnass vom Boden aufgehoben und sie während der gesamten Busfahrt nach Hause auf meinem Schoß liegen lassen, damit sie nicht verwischt oder zerreißt.

R. M.

SERIENKILLER

GEFUNDEN von Renae Mécha, Montréal, Quebec

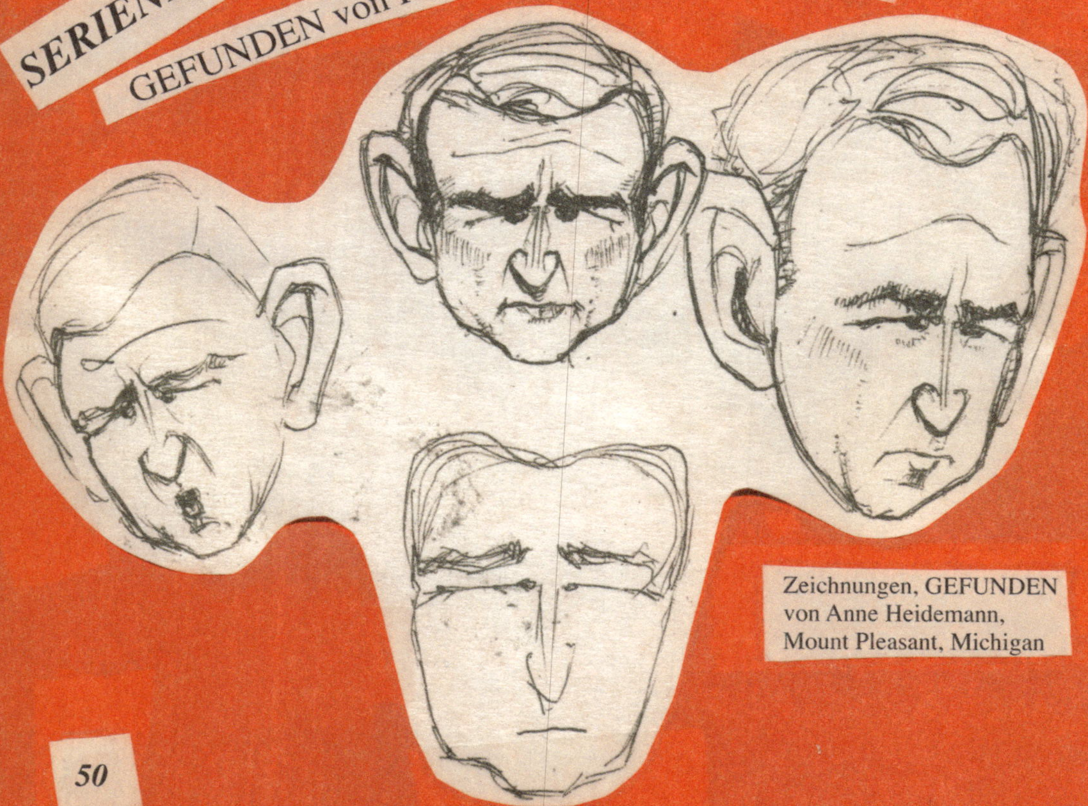

Zeichnungen, GEFUNDEN von Anne Heidemann, Mount Pleasant, Michigan

VOR DEM HEIRATSANTRAG

GEFUNDEN von Daniel Hagerty, Washington, D.C.

VORHER INS BÜRO BRINGEN
- Tischdecke
- Wein, Gläser
- Mineralwasser
- 2 Mahlzeiten (bestellt, abgeholt)
- Blumen
- Porzellan, Silberbesteck von hier

Dann: Spaziergang durchs Einkaufszentrum
- KERZEN / STREICHHÖLZER

SONNENUNTERGANG = 20:05

Batterien für Radio, gute CD

Notting Hill CD ~~Von BAND~~ oder Delovely oder Tatsächlich Liebe

DIE ROLLE DER FRAU

GEFUNDEN von Harriet Allen, Shaker Heights, Ohio

II. Die Rolle der Frau (Epheser 5:22-24, 33; 1 Petrus 3:1-6)

a. Die Frau muss sich ihrem Mann bereitwillig unterordnen und sich seiner Führung und Autorität unterwerfen.

b. Die Frau muss die Pläne ihres Mannes unterstützen und ihm mit ihren Talenten, Gaben und Fähigkeiten zur Seite stehen.

c. Die Frau muss das Lob ihres Mannes singen und ihm ~~in~~ Wort und Tat Achtung und Ehrerbietung erweisen.

HOCHZEITS-CHECKLISTE

GEFUNDEN von Brian Johnson, Seattle, Washington

- [x] Spitze Mi 18 Uhr
- [x] Beine bräunen
- [ ] Make-up aus Lager
- [ ] Schuhe – PED ?
- [x] Kleider abholen
- [x] Scheck an Pres. 10'30
- [x] ~~Scheck~~ an OBI – Cc – Susanna
- [ ] Stiefeletten
- [x] Blumen gießen
- [ ] Hausboot von außen putzen
- [ ] Badezimmer geputzt
- [ ] Wäsche
- [ ] packen
- [ ] Oberteil von Kleid abholen Mi.
- [ ] Schlüssel für Lager
- [x] Port Townsend Reservierung
- [ ] vertrocknete Blumen draußen ersetzen
- [ ] Amsterdam Sept. 4–10
- [x] Hochzeitsnacht
- [ ] ~~Kuchen – Samstag~~
- [ ] ~~Wunderkerzen~~
- [ ] Lampe
- [x] Spielzeug
- [x] Kissen
- [x] Ring

MIETE

Badezimmerschlüssel

Was das wohl für Spielzeug ist …?

B.J.

DER BESTE VERLOBTE DER WELT

GEFUNDEN von Gaby Gollub, Washington, D.C.

Danke, du bist wirklich der beste Verlobte der Welt! Ich hoffe, deinen nächsten Urlaub verbringen wir faulenzend auf einer Insel.

Ich liebe dich
dein Pummelchen

BILLY BOB TRAUT SICH WIEDER

GEFUNDEN von Josh Johnson, Morgantown, West Virginia

Umarmungen über Umarmungen &
Küsse über Küsse für V!

Vanessa, dein Name ist Musik in meinen Ohren!
Du bist das, wovon „alle Welt" spricht –
Reine Schönheit, ein Wahnsinnsgefühl.

Ich weiss, ich liebe dich
Ich weiss, du liebst mich auch
Mann ist das krass, oder was?

Wir passen sowas von perfekt zusammen. Früher hatte ich Angst, ich würde nie so für jemanden fühlen wie jetzt für dich. Ich rieche deinen Duft noch an meiner Decke und deiner Jacke, ich knuddle deinen Teddy und deinen Snoopy. Deinen Teddy nenne ich „mein süßer Schatz". Du bist mein süßer Schatz. Wow! Es hat mich total mitgenommen, als wir neulich zusammen im Bett lagen und dieses sterbende Mädchen im Fernsehen gesehen haben. Es hat mich ganz krank gemacht. Ich weiß nicht, was ich ohne dich täte. Du bist alles, was ich mir je erträumt habe. An dich zu denken hilft mir – mit den Zensuren, dem Leben, mir selbst, etc etc Die Liste ist endlos. Du bist das Blut, das durch meine Adern fließt und die Luft, die ich atme. Wie eine erfrischende Brise. Du machst mich so glücklich, dass ich platzen könnte, meine süße Vanessa.

P.S. Du bist so was von cool
Du bist das coolste Mädchen der Welt

WOW! ES HAT MICH TOTAL MITGENOMMEN, ALS WIR NEULICH ZUSAMMEN IM BETT DIESES STERBENDE MÄDCHEN IM FERNSEHEN GESEHEN HABEN

GEFUNDEN von Charles Negendank, Knoxville, Tennessee

Erika Rioja

Erika, wir die Jungs, wollen wissen warum
du mit Nathan gehst und wie sehr du
uns magst, zum Beispiel Fred – ich glaub,
überhaupt nicht. Tut mir leid, dass ich dir
all diese Fragen stelle, aber wir, die Jungs,
~~aber w~~ wollen jetzt genau wissen was
Sache ist. Ich muss immer die Briefe
schreiben, weil die anderen Doofmänner sind.
Du ~~musst~~ musst es uns nicht sofort sagen,
aber bitte tu's irgendwann. Ich, Fred und Ricky
haben uns das ausgedacht, na ja eigentlich
nur Fred. Alle Jungs aus der 5. Klasse mögen
dich bis auf ein paar. Das heisst, ~~dass~~ das du
das süseste Mädchen in der ganzen 5. Klasse bist.
Ein paar mögen dich wegen du weisst schon
was, aber ich nicht. Ich mag dich weil du
ein hübsches Gesicht / Lächeln hast und weil
du die einzige bist, die so eine Haarsträne
im Gesicht hat. Ich finde, damit siehst du
noch ~~süsster~~ süser aus. Du hast gesagt das
ist dein eigener Stil und ich finde das
ziemlich cool und so. Das war eigentlich alles,
tschau bis bald.

P.S. Ruf mich an, wenn du mir was über mich
sagen willst oder wenn du einfach reden willst.
Du hast meine Nummer und wenn nicht, sag ich
sie dir ins Ohr oder so, ich will nicht dass eins
von den anderen Mädchen meine Nummer
weiss. Nicht mal Aisha

WIR, DIE JUNGS

GEFUNDEN von Amy Price & Brian Farmer,

Austin, Texas

ICH SCHÄTZE, ES MUSS SEIN

GEFUNDEN von Cormac Symington,

San Francisco, Kalifornien

KENDA BEDEUTET MIR NICHTS,
NICHT DAS GERINGSTE!
DU BIST DIE LIEBE MEINES
LEBENS & SIE IST SO WENIG
TEIL MEINER GEDANKEN,
DASS ICH SCHLICHT VERGESSEN
HABE, MEINE SACHEN
DURCHZUSEHEN & ALLES
WEGZUWERFEN WAS MICH
AN SIE ERINNERT.

(vorne)

ICH DENKE OFT DARAN, WIE
WIR UNS LIEBEN, DEINE
BERÜHRUNGEN FEHLEN MIR. ICH
SEHNE MICH NACH DIR. DEINE
HÄNDE SIND SO WUNDERBAR UND
DEINE KÜSSE BRENNEN WIE FEUER.
DEINE ZÄRTLICHKEIT. ICH WILL
DICH SPÜREN. WENN WIR UNS LIEBEN
[redacted] IST ES, ALS WÄRE
MEIN KÖRPER BEI DIR, ABER MEINE
SEELE AN EINEM WUNDERSCHÖNEN
ORT.

EIN WUNDERSCHÖNER ORT GEFUNDEN von Justin Rhody, Columbus, Ohio

STRANDSCHIFFER

GEFUNDEN von Charles Negendank,

Knoxville, Tennessee

Gefunden an der Universität von Tennessee, in einem Fotolabor im vierten Stock des Kunst- und Architektur-Trakts. Das Bild ist ganz hübsch, auch wenn der Typ dasteht, als würde er pinkeln.

C.N.

ABER ICH SCHÄTZE, ES MUSS EIN! ICH WAR SO DAMIT BESCHÄFTIGT, JEDE SEKUNDE DES TAGES AN DICH ZU DENKEN, DASS ES MIR GAR NICHT IN DEN SINN GEKOMMEN IST.
[illegible] EHRLICH!
ICH DENKE IMMER NUR AN DICH!

(hinten)

EIN WUNDERBARER ORT

GEFUNDEN von Brandon, Los Angeles, Kalifornien

Dieser wunderbare Ort hat mir geholfen, Abschied zu nehmen
Danke

GEHT NACH ALASKA

GEFUNDEN von B.A.G. Bro # 1, Chicago, Illinois

Dies fand ich in einem Schrank in einem abbruchreifen Haus.

30.1.00
[illegible]
Verwahrint wegen kiimineler Machenschften

Geht nach Alaska + Alaska Schwanz Lutscher

More Music, Less Noise.
www.wallof

3 MIESE ZIMMER

GEFUNDEN von Brian Klein, Chicago, Illinois

ZU VERMIETEN
3 MIESE ZIMMER
5418 West Montrose Ave
773) [illegible]

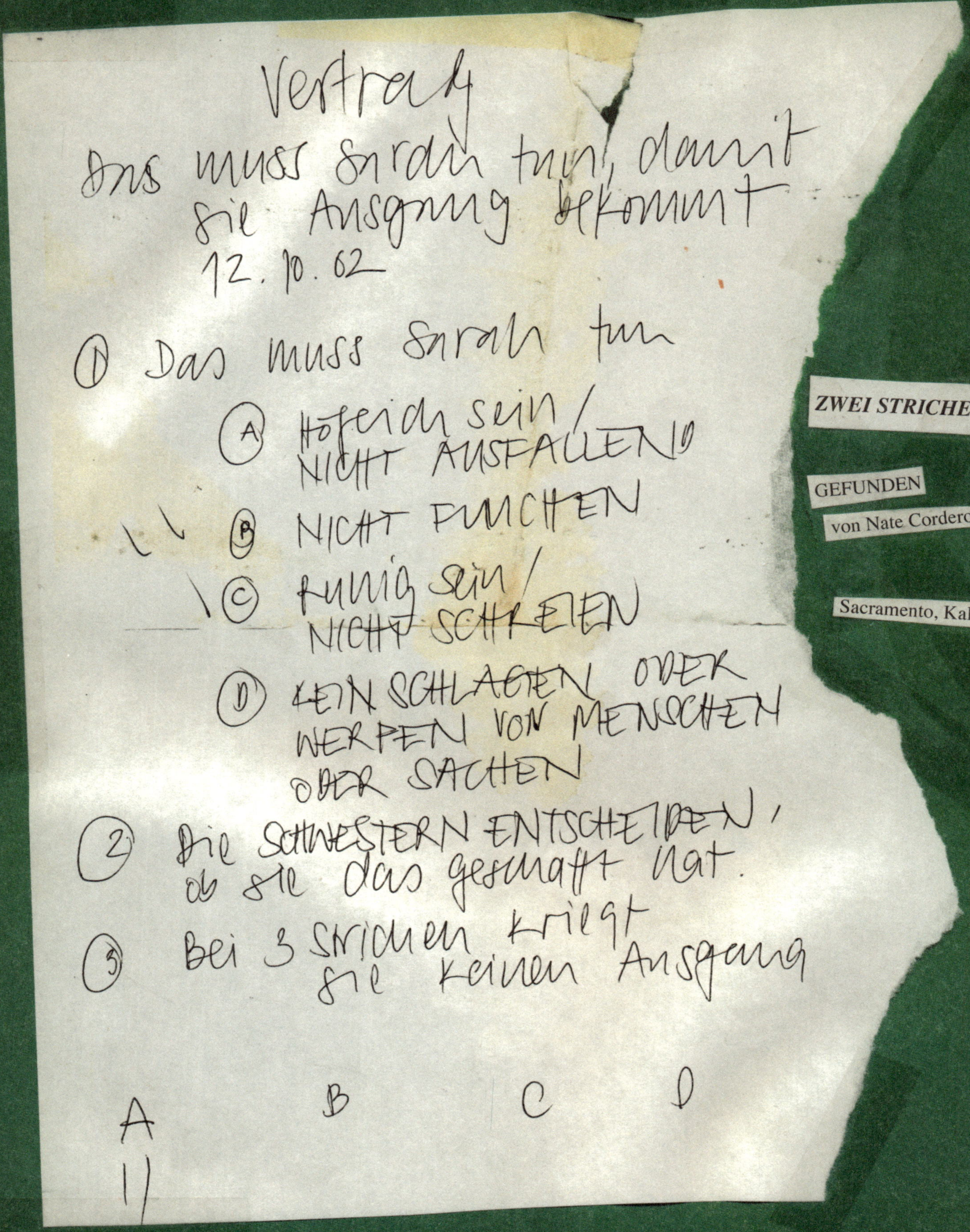
Vertrag

Das muss Sarah tun, damit sie Ausgang bekommt

12.10.02

(1) Das muss Sarah tun

(A) Höflich sein / NICHT AUSFALLEND!

(B) NICHT FLUCHEN

(C) Ruhig sein / NICHT SCHREIEN

(D) KEIN SCHLAGEN ODER WERFEN VON MENSCHEN ODER SACHEN

(2) Die SCHWESTERN ENTSCHEIDEN, ob sie das geschafft hat.

(3) Bei 3 Strichen kriegt sie keinen Ausgang

A B C D

||

ZWEI STRICHE

GEFUNDEN

von Nate Cordero,

Sacramento, Kalifornien

Diese Zeichnung wurde GEFUNDEN von Debbie Steinberg, Ann Arbor, Michigan

An alle, die es angeht
Dies ist mein letzter Wille
Meine alleinigen ~~Erben~~ Erben
sind Deb Wain und Mollie Nab
Deb W. kriegt alles aus meiner
Wohnung und Mollie mein
Auto 86 Daytona, meinen letzten
Gehaltsscheck kriegt Mollie
auch.

Grüsse an alle

DER LETZTE GEHALTSSCHECK GEFUNDEN von Davy Rothbart, Ann Arbor, Michigan

Neugierig betrachtete die Katze die großen Behälter voller Fischfutter, Pillen, Dips und Chips und die Leiche, die mit dem Gesicht nach unten langsam vom seichten Ufer wegtrieb.

246

SEICHTES UFER GEFUNDEN von Nora Lidgus, Grand Rapids, Michigan

DIESE GLEICHUNG wurde GEFUNDEN von Kovar Lee, Lincoln, Nebraska

ZU VIEL

GEFUNDEN von Jessica Everson,

Garland, Texas

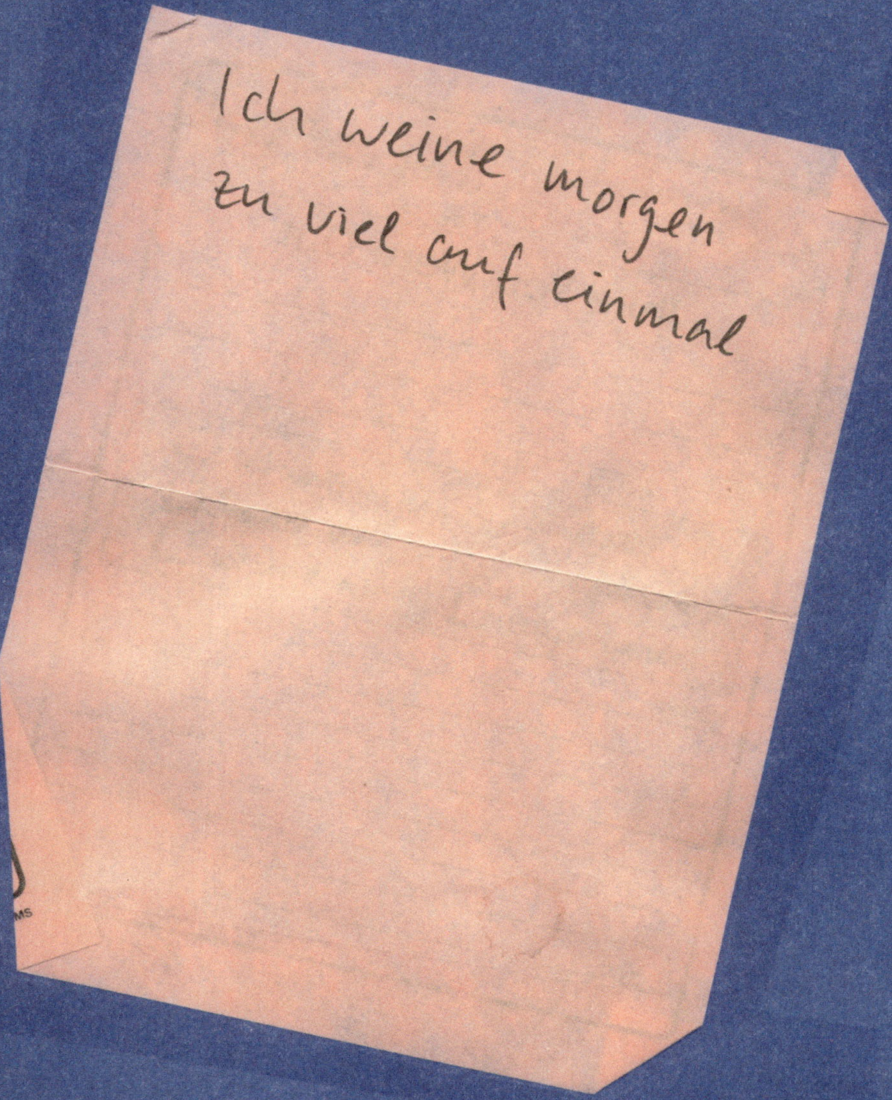
Ich weine morgen
zu viel auf einmal

BIG SUR-TRAUM

GEFUNDEN von Sus Danner,

Big Sur, Kalifornien

Diesen Brief fand ich in einem Wohnwagen auf einem Grundstück der Firma Big Sur Land Trust, bei der ich angestellt bin. Jemand hatte sich dort illegal niedergelassen, und als wir das Grundstück kauften, wollte mein Chef, dass der Wohnwagen zur Müllkippe gebracht wird. Das Innere des Wohnwagens war übersät mit Rattenkot, schmutzigem Geschirr und verrottender Kleidung, und ich nahm einen angelaufenen Löffel zum Drogenkochen mit, den ich gereinigt habe und bis heute benutze. Die Person, die dort gehaust hatte, tat mir sehr Leid, besonders, als ich unter all dem Müll und Dreck diesen Brief fand.

S.D.

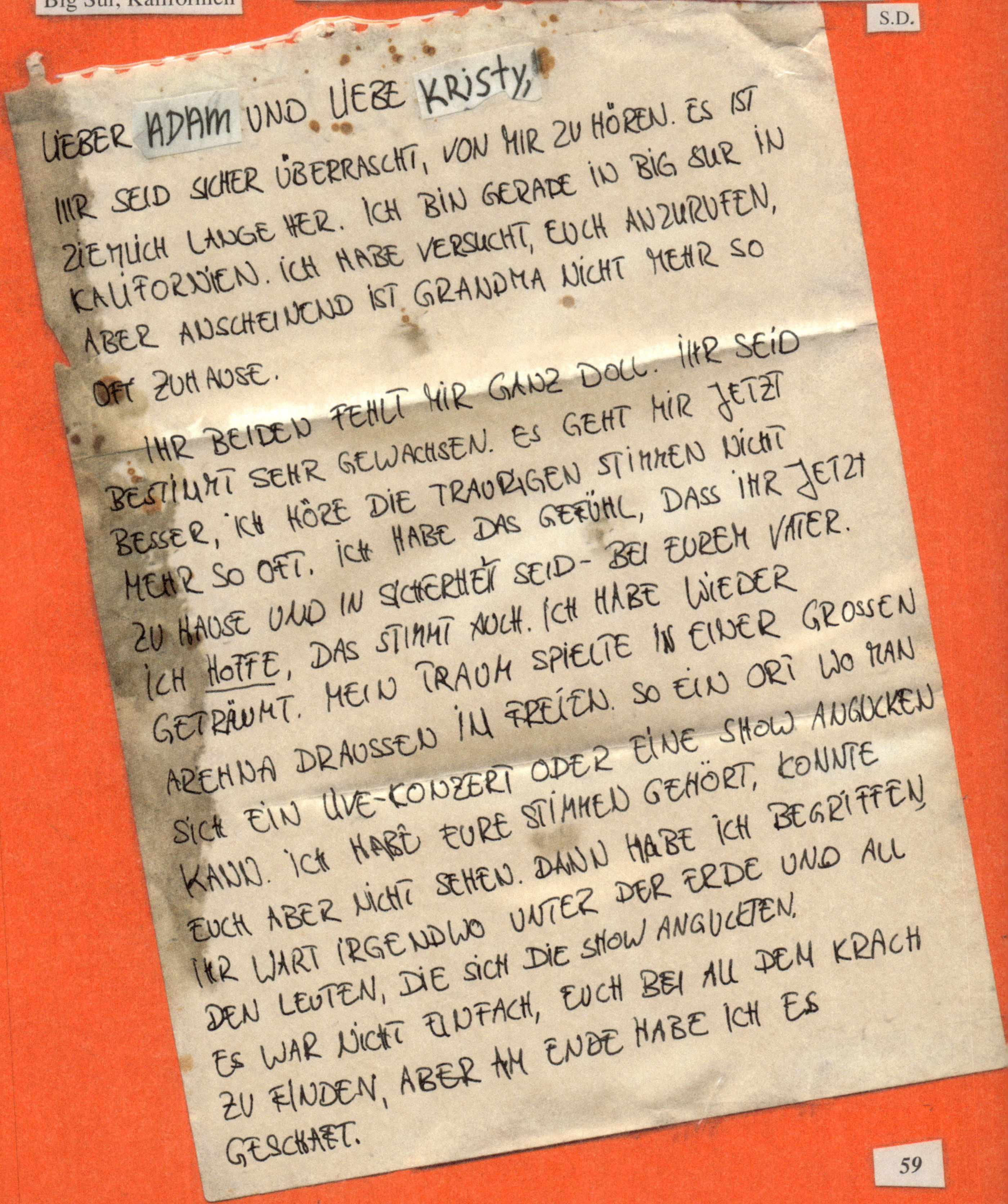

LIEBER ADAM UND LIEBE KRISTY,

IHR SEID SICHER ÜBERRASCHT, VON MIR ZU HÖREN. ES IST ZIEMLICH LANGE HER. ICH BIN GERADE IN BIG SUR IN KALIFORNIEN. ICH HABE VERSUCHT, EUCH ANZURUFEN, ABER ANSCHEINEND IST GRANDMA NICHT MEHR SO OFT ZUHAUSE.

IHR BEIDEN FEHLT MIR GANZ DOLL. IHR SEID BESTIMMT SEHR GEWACHSEN. ES GEHT MIR JETZT BESSER, ICH HÖRE DIE TRAURIGEN STIMMEN NICHT MEHR SO OFT. ICH HABE DAS GEFÜHL, DASS IHR JETZT ZU HAUSE UND IN SICHERHEIT SEID – BEI EUREM VATER. ICH HOFFE, DAS STIMMT AUCH. ICH HABE WIEDER GETRÄUMT. MEIN TRAUM SPIELTE IN EINER GROSSEN ARENNA DRAUSSEN IM FREIEN. SO EIN ORT WO MAN SICH EIN LIVE-KONZERT ODER EINE SHOW ANGUCKEN KANN. ICH HABE EURE STIMMEN GEHÖRT, KONNTE EUCH ABER NICHT SEHEN. DANN HABE ICH BEGRIFFEN, IHR WART IRGENDWO UNTER DER ERDE UND ALL DEN LEUTEN, DIE SICH DIE SHOW ANGUCKTEN. ES WAR NICHT EINFACH, EUCH BEI ALL DEM KRACH ZU FINDEN, ABER AM ENDE HABE ICH ES GESCHAFT.

Liebe Mom

Du fehlst mir. Ich wünschte, du wärst hier. Eine Menge
schlimmer Sachen sind in meinem Leben passiert, aber das
weißt du wohl schon. Aber es gibt auch ein paar echt gute
Sachen, wie z.B. Justin er ist mein bester Freund, und
bethany auch. Hey Mom, rate mal was das allerbeste ist.
Das ist ein Mädchen, sie heißt Jenna und wir gehen
seit anderthalb Monaten zusammen. Ich liebe sie wie
verrückt. Ich weiß, sie würde dir gefallen, wenn Du
hier wärst. Sie macht mich soo glücklich. Ich war nie
glücklicher alswie jetzt. Sie hat mein Leben verändert,
Mom. Weil sie für mich da ist, weil überhaupt jemandem
was an mir liegt. Ich danke Gott jeden Tag, dass
ich sie hab. Es ist unglaublich, weißt du noch, als
ich selbstmordgefährdet war, tja, jetzt nicht mehr. Ich
denke noch nicht mal mehr daran. Ich liebe sie einfach
so sehr, dafür dass sie mit mir zusammen ist,
weißt du. Dieses Mädchen ist so toll, Mom sie hilft
mir so viel. Ich liebe sie mehr als sie sich vorstellen
kann. Ich habe noch nie so für jemanden empfunden.
Ich würde für sie sterben, Mom. Ich liebe sie so sehr
und sie hat Angst, wir sehen uns nicht mehr wenn ich
umziehe, aber ich habe ihr versprochen, dass wir
uns genauso oft treffen wie immer. Tja, ich krieg
in diesem Sommer meinen Fahrerschein, dann
komm ich jeden Tag hier vorbei. Ich muss dann
mal. Ich hab dich soo lieb Mom. Ich schreibe
dir bald wieder. Tschüss.

dein Sohn Colin

P.S. Trevor vermisst dich auch.

LIEBE MOM

GEFUNDEN von Alison Berent,

Grayslake, Illinois

Auf einem Friedhof in der Nähe meines Hauses hatte sich ein kleiner Luftballon ganz oben in den Zweigen eines Baumes verfangen. Daran hing dieser Brief.

A. B.

FAHRRAD VS. AUTO

GEFUNDEN von Burns Waggener,
San Antonio, Texas

Jud:

Ich schlage dir einen Deal vor: Wir gehen zusammen zu Bike World, Broadway Bicycle Show oder zum B and J Bicycle Shop, und da suchen wir dir ein schönes Rad aus, mit dem du fahren und Sachen transportieren kannst. Wirst sehen, mit einem Fahrrad kommt man fast überall hin, und es braucht nicht so viel Wahrtung, und das Beste ist, für Fahrräder braucht man kein Benzin, nur Muskelkraft, außerdem ist Radfahren gesund. Du musst auch kein Kennzeichen bezahlen und dich jedes Jahr um eine TÜV-Plakette kümmern. Aber einen Helm brauchst du, es gibt in Texas zwar noch keine allgemeine Helmpflicht, aber sie soll eingeführt werden.

Illustration von Dan Tice

„2"

Es gibt heutzutage viele verschiedene Fahrräder, z.B. Mountainbikes wie das, was du mal mit nach Hause gebracht hast und auf dem ich eine Probefahrt machen durfte, wenn du dich erinnerst, außerdem Trekkingräder, und Mountainbikes mit Vorder- oder Hinterradfederung sowie die berühmten Hardtails. Außerdem kann man ein Fahrrad problemlos mit ins Haus nehmen und muss es nicht draußen stehen lassen wie ein Auto, möchte mal sehen, wie jemand versucht, sein Auto mit ins Haus zu nehmen und im Wohnzimmer zu parken. Ich hatte noch nie ein eigenes Auto, und ich schaffe mir jetzt, mit 54,

„3"

auch bestimmt keins mehr an. In der Highschool habe ich Fahrunterricht genommen, weil meine Eltern es so wollten, ich habe es nur ihnen zuliebe getan und ihnen gleich gesagt, dass ich mir nie ein Auto kaufen werde. Ein Fahrrad verschmuzt auch nicht die Umwelt, und man hört ja immer mehr über den „Treibhauseffekt" und „Globale Erwärmung" usw. Manchmal frage ich mich, was aus Amerika geworden wäre, wenn Henry Fords Eltern nie geheiratet oder sich für eine Abtreibung entschieden hätten. Dann wären wir sicher besser dran. Gib gut auf dich Acht.

Alex

MONATSBUDGET

MIETE	600
HANDY	50
TELEF.	50
STROM/Gas	45.
KABELF.	60.
Bus / TAXI	60
ESSEN	500
ALK	600 INKL: BArs (20,00 pro TAG)
WÄSCHEREI	30
CRACK	600
ANWALT	250
VERSCH	250
PSAREN	100

BENÖTIGTES MONATSEINKOMMEN $ 3195,00

BENÖTIGTES JAHRESEINKOMMEN $ 38.220,00

MONATSBUDGET

GEFUNDEN von Lea McKenny Willcox,

Minneapolis, Minnesota

FITNESSPLAN

GEFUNDEN von Alan Thompson,

Westminster, Colorado

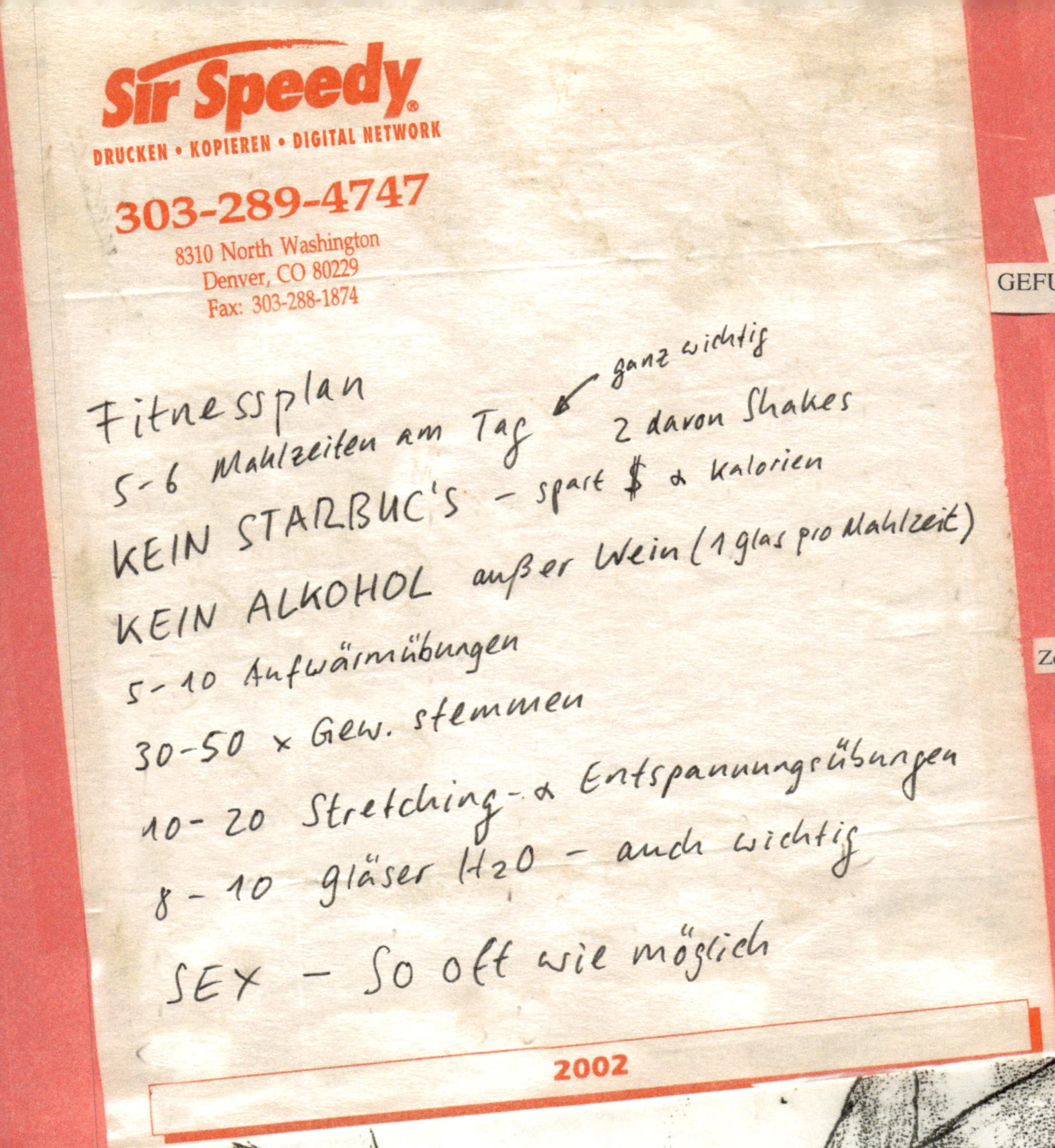

Sir Speedy®
DRUCKEN • KOPIEREN • DIGITAL NETWORK
303-289-4747
8310 North Washington
Denver, CO 80229
Fax: 303-288-1874

Fitnessplan
5-6 Mahlzeiten am Tag ← ganz wichtig
2 davon Shakes
KEIN STARBUC'S – spart $ & Kalorien
KEIN ALKOHOL außer Wein (1 glas pro Mahlzeit)
5-10 Aufwärmübungen
30-50 × Gew. stemmen
10-20 Stretching- & Entspannungsübungen
8-10 gläser H_2O – auch wichtig
SEX – So oft wie möglich

2002

Zeichnung, GEFUNDEN von

Mitch O'Connell,

Chicaco, Illinois

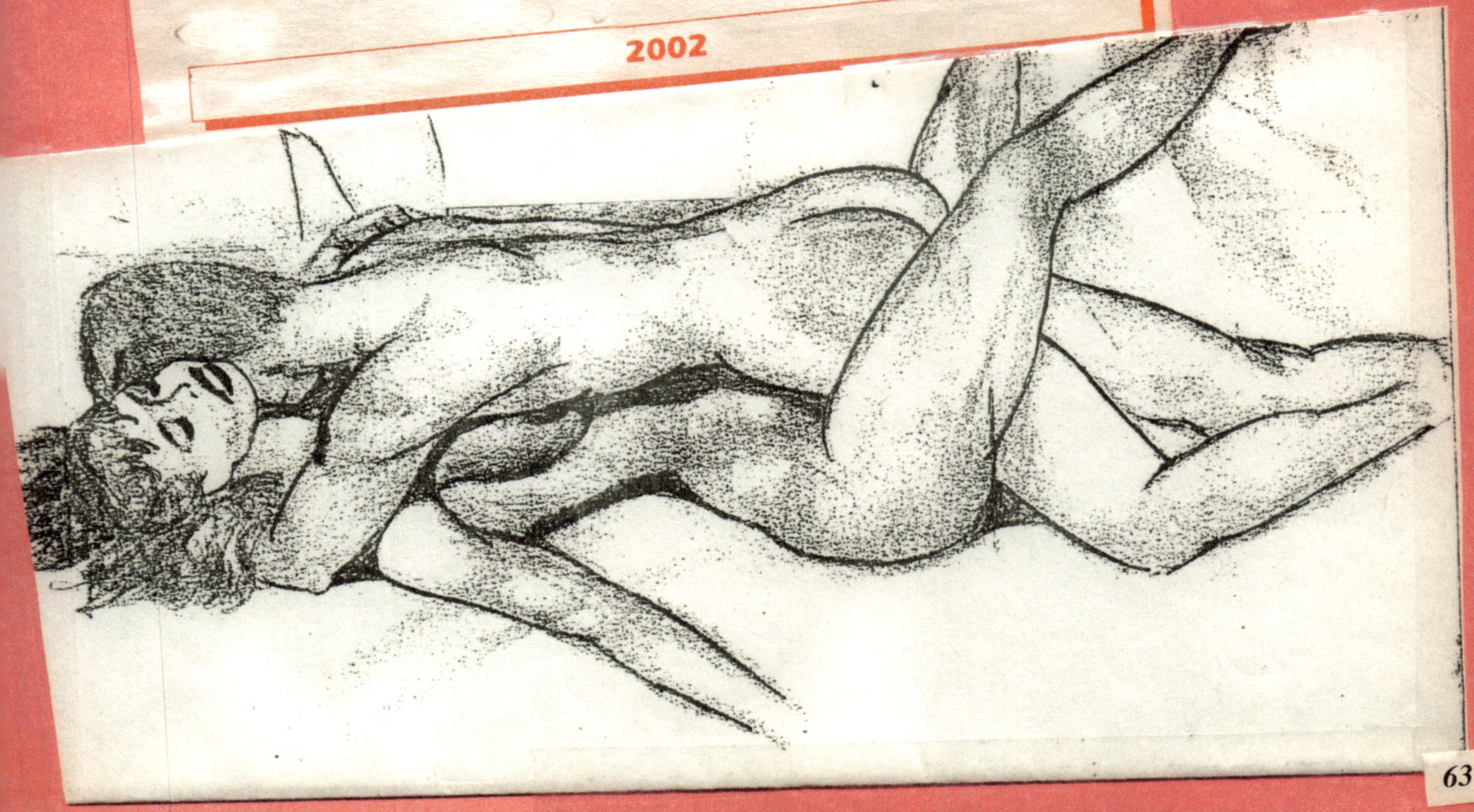

KENNZEICHEN AUS COLORADO

GEFUNDEN von Charla Engle,

Fayetteville, Arkansas

Hallo. Du findest diese Nachricht vielleicht seltsam, und ich bin mir auch nicht sicher, ob ich Sie wirklich schreiben soll, aber die Umstände sind ziemlich ungewöhnlich, deshalb gehe ich das Risiko ein. Als ich heute Abend spazieren gegangen bin, ist mir aufgefallen, dass dein Auto ein Kennzeichen aus Colorado hat. Vor ein paar Wochen (ungefähr 3) habe ich ein Mädchen aus Colorado kennen gelernt, das ich seitdem nicht mehr gesehen habe. Bist du vielleicht Julie, die zur Creighton University gegangen ist, und jetzt Vorbereitungskurse für Veterinärmedizin belegt? Wenn ja, ich bin der etwas schüchterne Typ, der dich am letzten Tag des Sommersemesters im Rechenzentrum angesprochen hat. Ich fand dich sehr nett und hatte gehofft, dass wir uns noch mal über den Weg laufen. Ich hab mich damals nicht getraut, dich um deine Telefonnummer oder ein Date zu bitten, deshalb fasse ich mir jetzt ein Herz und hinterlasse dir diese Nachricht. Glaub mir, das ist *absolut* nicht meine Art. Ich hoffe, du fühlst dich nicht belästigt. Du hast mich ziemlich beeindruckt, und ich würde mir echt in den Hintern treten, wenn ich diese Gelegenheit verpasse, dir meine # zu geben. Bitte halte mich nicht für einen von diesen kranken Stalkern. Vielleicht höre ich ja demnächst von dir, was mich allerdings wundern würde, wenn man bedenkt, wie seltsam das alles ist. Machs gut.

— Alex 486-7579

P.S. Wenn du nicht Julie bist, dann schick diesen Brief an das Found Magazine, der wird garantiert gedruckt.

Während ich gerade feuchtfröhlich einen neuen Job feierte, fragte sich der junge Alex, ob mein aus Denver stammender Volvo vielleicht dem Mädchen gehörte, das ihm durch die Lappen gegangen ist.

Ich fand diese Nachricht am 14. Juli auf der Windschutzscheibe meines Autos, das auf dem Hauptplatz von Fayetteville in Arkansas geparkt war. Alex schien sich ziemlich sicher, dass sie euch gefällt, und nachdem ich ein paar Monate darüber nachgedacht bzw. vergessen habe, sie abzuschicken, bekommt ihr sie nun endlich.

C.E.

Hotmail Home Inbox Neue Nachricht Kontakt Optionen Hilfe

accorales@hotmail.com

Previous Next | Schließen

Adresse(n) speichern Sperren

Von: Sam < @hotmail.com>

Antwort an: @alum.mit.edu

An: @alum.swarthmore.edu

Betreff: Mittag- oder Abendessen

Datum: Mon, 08 Jul 2002 00:36:30 +0000

Drucken

Antworten Allen antworten Weiterleiten Löschen Speichern

Lisa

okay, nach unserem Telefonat drücke ich mich noch ein bisschen länger davor, das Bad zu putzen, und schreibe dir stattdessen diese Mail ...

Erstmal herzlichen Glückwunsch zu den bestandenen Prüfungen! Ist immer gut, wenn man die hinter sich hat!

Was deinen Stundenplan angeht (du hast gesagt, du hättest Di, Do u. manchmal Mi Seminar). Wie wär's also mit folgenden Terminen:

Abendessen am 12., (Mi 17.), 20., 21., 22., (Mi 24.), 27., 28., 29., 30. Juli.
Mittagessen am 9., 11., 12., 17., 20., 21., 22., 24., 27., 28., 29., 30. Juli.

Also, melde dich, und ich hoffe du hattest am 4. einen schönen Tag in Baltimore!!!

Hoffentlich bis bald!

-Sam

Melden Sie sich jetzt bei MSN Hotmail an, dem größten E-Mail-Service der Welt. http://www.hotmail.com

Vorige Nächste Schließen

Antworten Allen antworten Weiterleiten Löschen Speichern

msn

MSN | Mein MSN | Hotmail | Suchen | Shopping | Geld | Chat

© 2002 Microsoft Corporation. Alle Rechte vorbehalten. GESCHÄFTSBEDINGUNGEN Werbung Datenschutzhinweise GetNetWise

AM 31. JULI PASST ES NICHT

GEFUNDEN von Matt Summers, Washington, D.C.

Diese E-Mail habe ich im Rechenzentrum auf dem Campus der John Hopkins University gefunden. Dieser Sam steht anscheinend auf Lisa. Ich frage mich nur, ob er es nicht ein bisschen zu deutlich zeigt. M.S.

Selbst
die sengenste
Sonne in der tiefsten
Wüste ist nicht so
strahlend
wie deine Schönheit.

LEUCHTKRAFT GEFUNDEN von Andrea Gin, Providence, Rhode Island

Zerbrecht euch nicht länger den Kopf, um die perfekte Liebeserklärung zu finden – nehmt einfach diese hier! DAVY

Illustration von Ayun Halliday

Das Glück liegt auf der Straße.

FOUND Magazine.

Hallo Rudy!
ich schreibe dir, weil ich etwas sehr Wichtiges mit dir zu besprechen habe. Es geht nicht um mich, sondern um meine Eltern. Es hat auch nichts mit dem Haus in Italien oder mit deiner Beziehung zu ihnen zu tun, wie du vielleicht denken könntest. Ich weiß nicht, wie du im Moment zu mir und meinen Eltern stehst, ich bitte dich nur um eine Viertelstunde Zeit für ein Gespräch.

Ich arbeite
freitags 11 - 16 Uhr
samstags 9 - 14 Uhr
sonntags 17 - 22 Uhr
montags 17 - 22 Uhr
dienstags 10 - 16 Uhr

bitte umdrehen

ERZÄHL NIEMANDEM DAVON, AUSSER VIELLEICHT LISA

Ein Junkie fand diesen Brief in der Polk Street und gab ihn Ryan Schude

aus San Francisco, Kalifornien.

Als ich neulich an einem nebligen Abend in meinem Auto in der Polk Street sitze und im FOUND Magazine blättere, taucht plötzlich wie aus dem Nichts dieser Typ auf und spricht mich an. Er ist spindeldürr, redet hektisch, stellt Fragen und spricht weiter, ohne eine Antwort abzuwarten. Er sagt, dass er Jasper heißt und Geburtstag hat; ich wünsche ihm Glück und erfahre, dass er bislang nicht sehr viel davon hatte. Er erzählt mir, dass er heroinabhängig ist und außerdem Speed gegen seine Depressionen nimmt, weshalb er seit drei Tagen nicht geschlafen hat. »Aber das ist noch gar nichts«, sagt er, »Ich war schon mal dreißig Tage wach!«

Jasper sagt, er will weg von der Straße und würde San Francisco am liebsten für immer verlassen. Er ist besessen von Photoshop und erklärt mir ausführlich, dass das Programm am besten funktioniert, wenn man ein Foto als Vorlage nimmt und nicht mit einer leeren Fläche beginnt. Ein Mann geht vorbei, und Jasper sagt: »Guck mal, wie der mit dem Arsch wackelt«, und schnalzt mit der Zunge wie ein Möchtegern-Frauenheld aus einem 80er-Jahre-Film. Ich lasse ihn von meinem Handy aus eine SMS an einen Kumpel verschicken. Als er es mir zurückgibt, sieht er das FOUND Magazine in meiner Hand und fragt, was das ist. Ich erkläre Jasper das Konzept von FOUND, und er nickt eifrig, rennt dann aber plötzlich die Straße hinunter. An der nächsten Kreuzung hebt er einen Zettel auf, liest ihn und kommt langsam zurück.

Während unserer Unterhaltung sah er mutlos und niedergeschlagen aus, aber als er den Brief liest, ist er wie verwandelt. Er steht neben meinem Wagen, amüsiert und erstaunt über die Details, die uns als Außenstehenden rätselhaft erscheinen, und sieht hin und wieder auf, um mir die Stellen zu zeigen, die ihn am meisten verwirren und faszinieren. Schließlich faltet er den Zettel zusammen und gibt ihn mir mit den Worten: »Zeig das deinen Freunden, die stehen doch auf sowas.« Dann dreht er sich um und verschwindet im Nebel.

R. S.

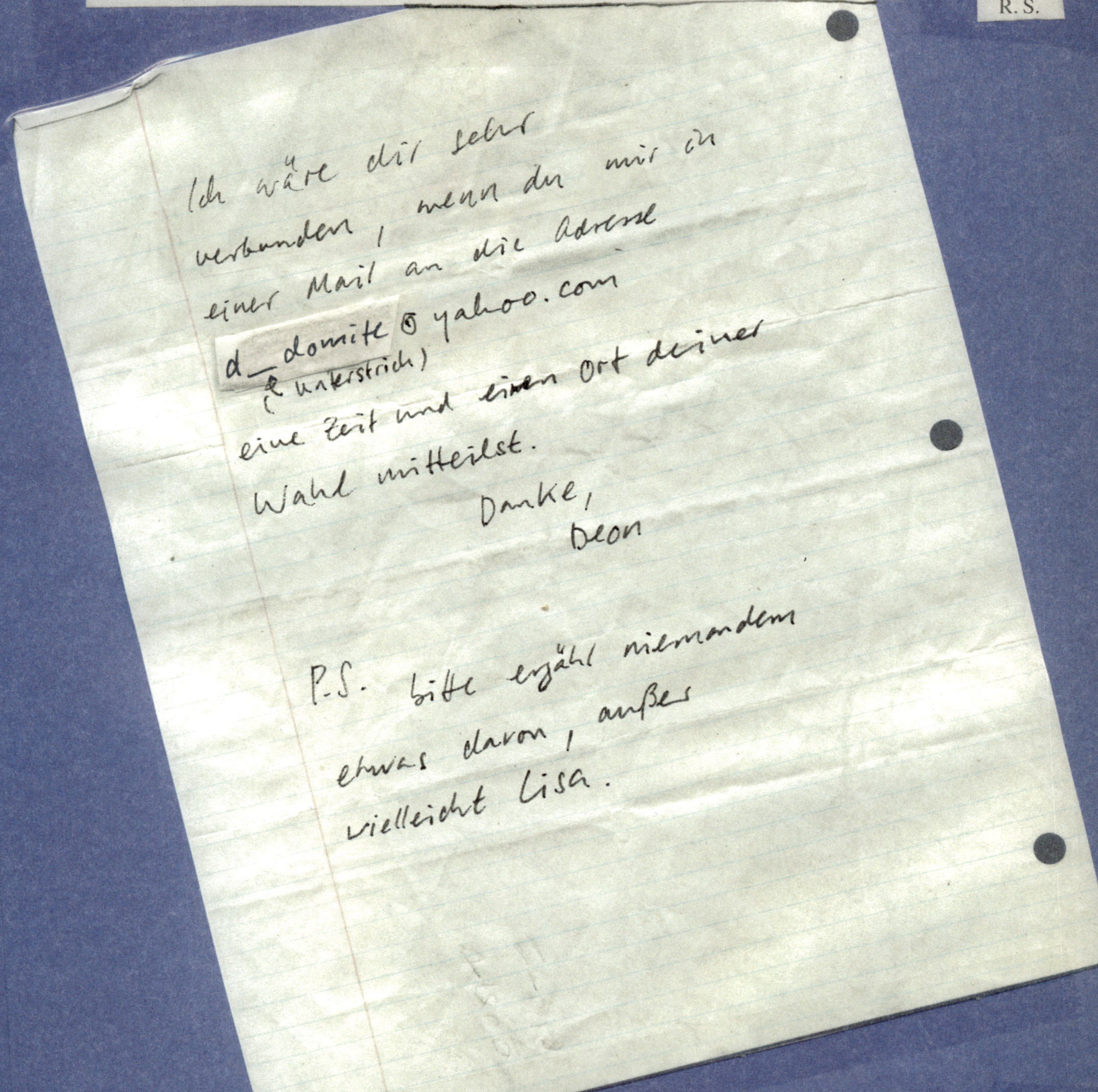
Ich wäre dir sehr
verbunden, wenn du mir in
einer Mail an die Adresse
d_domite@yahoo.com
(Unterstrich)
eine Zeit und einen Ort deiner
Wahl mitteilst.
Danke,
Deon

P.S. bitte erzähl niemandem
etwas davon, außer
vielleicht Lisa.

SUCHAUSHÄNGE

SCHMUSEDECKE VERLOREN

* verloren am Mi., 18.6.03 gegen Abend
* 1 Seite gelb / 1 Seite weiß
* weicher Baumwollstoff
* mit Tiermotiven von John Lennon
* 50cm x 50cm
* verloren in der West Side nahe der Slauson High School + dem West Park

Tel. 8-0805

8-0805 8-0805 0805 0805 8-0805 0805 0805 0805 0805 0805 0805 0805

GEFUNDEN von Cat Largas, Ann Arbor, Michigan

Auch GEFUNDEN von Claudette Stern!

HABEN SIE DEN BESTEN FREUND MEINER TOCHTER GESEHEN?

ER IST BEIGE + SEHR ABGEWETZT
WENN SIE IRGENDETWAS ÜBER IHN WISSEN BITTE RUFEN SIE AN UNTER 510

GEFUNDEN von Joanna Vaughn, Oakland, Kalifornien

ICH BRAUCHE EIN WUNDER

⇒ HOHE BELOHNUNG ⇐

Am 4. Juli um 19:30 Uhr habe ich versehentlich eine Einkaufstasche mit meinen Babys (meine Lieblingspuppen) an der Ecke Bleecker St. / Christopher St. stehen lassen.

Sie fehlen mir wirklich, sie sind für mich wie Kinder

Bitte rufen Sie an (212)
oder (201)

Melden bei Christopher Str. N.Y.

Ich möchte sie so gerne wiederhaben
Bitte helfen Sie mir!

BELOHNUNG $ 150,00

Ich habe am Freitag dem 4. Juli eine Tasche mit Puppen verloren. Jemand hat sie gefunden und zurückgegeben, bis auf 1 Puppe, die er jemandem in der STONEWALL BAR geschenkt hat.

Es handelt sich um eine Chucky-Puppe. Falls jemand diese Puppe hat:

ich zahle $ 150, um sie zurückzubekommen.
Bitte melden unter 212
Vielen Dank im Voraus!

Der kleine Kerl fehlt mir.

GEFUNDEN von John, New York

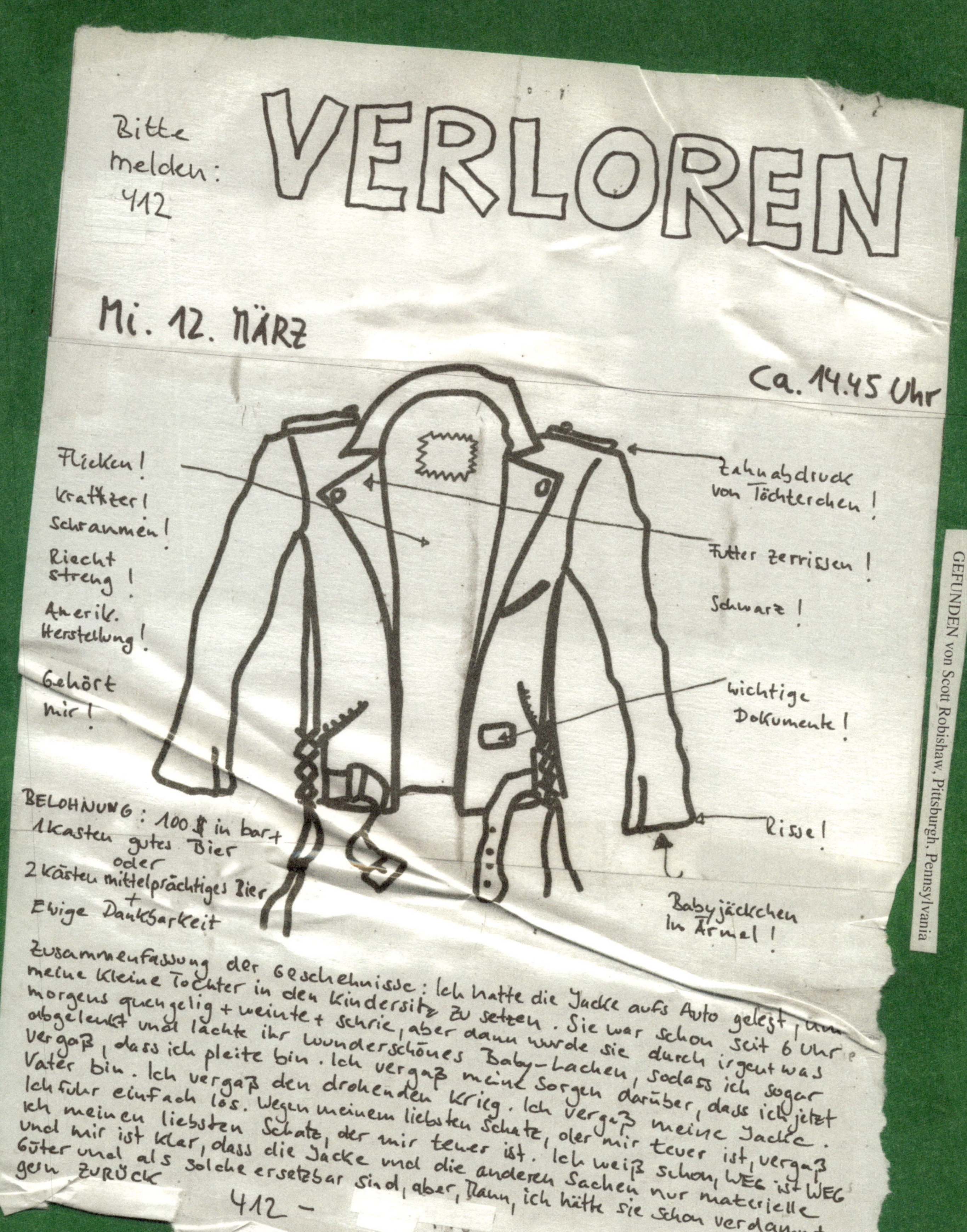

Bitte melden: 412

VERLOREN

Mi. 12. MÄRZ

Ca. 14.45 Uhr

Flicken!
Kratzer!
Schrammen!
Riecht streng!
Amerik. Herstellung!
Gehört mir!

Zahnabdruck von Töchterchen!
Futter zerrissen!
Schwarz!
wichtige Dokumente!
Risse!
Babyjäckchen im Ärmel!

BELOHNUNG: 100 $ in bar
+
1 Kasten gutes Bier
oder
2 Kästen mittelprächtiges Bier
+
Ewige Dankbarkeit

Zusammenfassung der Geschehnisse: Ich hatte die Jacke aufs Auto gelegt, um meine kleine Tochter in den Kindersitz zu setzen. Sie war schon seit 6 Uhr morgens quengelig + weinte + schrie, aber dann wurde sie durch irgentwas abgelenkt und lachte ihr wunderschönes Baby-Lachen, sodass ich sogar vergaß, dass ich pleite bin. Ich vergaß meine Sorgen darüber, dass ich jetzt Vater bin. Ich vergaß den drohenden Krieg. Ich vergaß meine Jacke. Ich fuhr einfach los. Wegen meinem liebsten Schatz, der mir teuer ist, vergaß ich meinen liebsten Schatz, der mir teuer ist. Ich weiß schon, WEG ist WEG und mir ist klar, dass die Jacke und die anderen Sachen nur materielle Güter und als solche ersetzbar sind, aber, Mann, ich hätte sie schon verdammt gern ZURÜCK

412 –

GEFUNDEN von Scott Robishaw, Pittsburgh, Pennsylvania

Gute Neuigkeiten – die meisten velorenen Gegenstände tauchen irgendwann wieder auf. Die Jacke wurde zurückgegeben, ebenso wie die Schmusedecke und das Stofftier. Nur die Chucky-Puppe hat den Weg nach Hause noch nicht gefunden.

DAVY

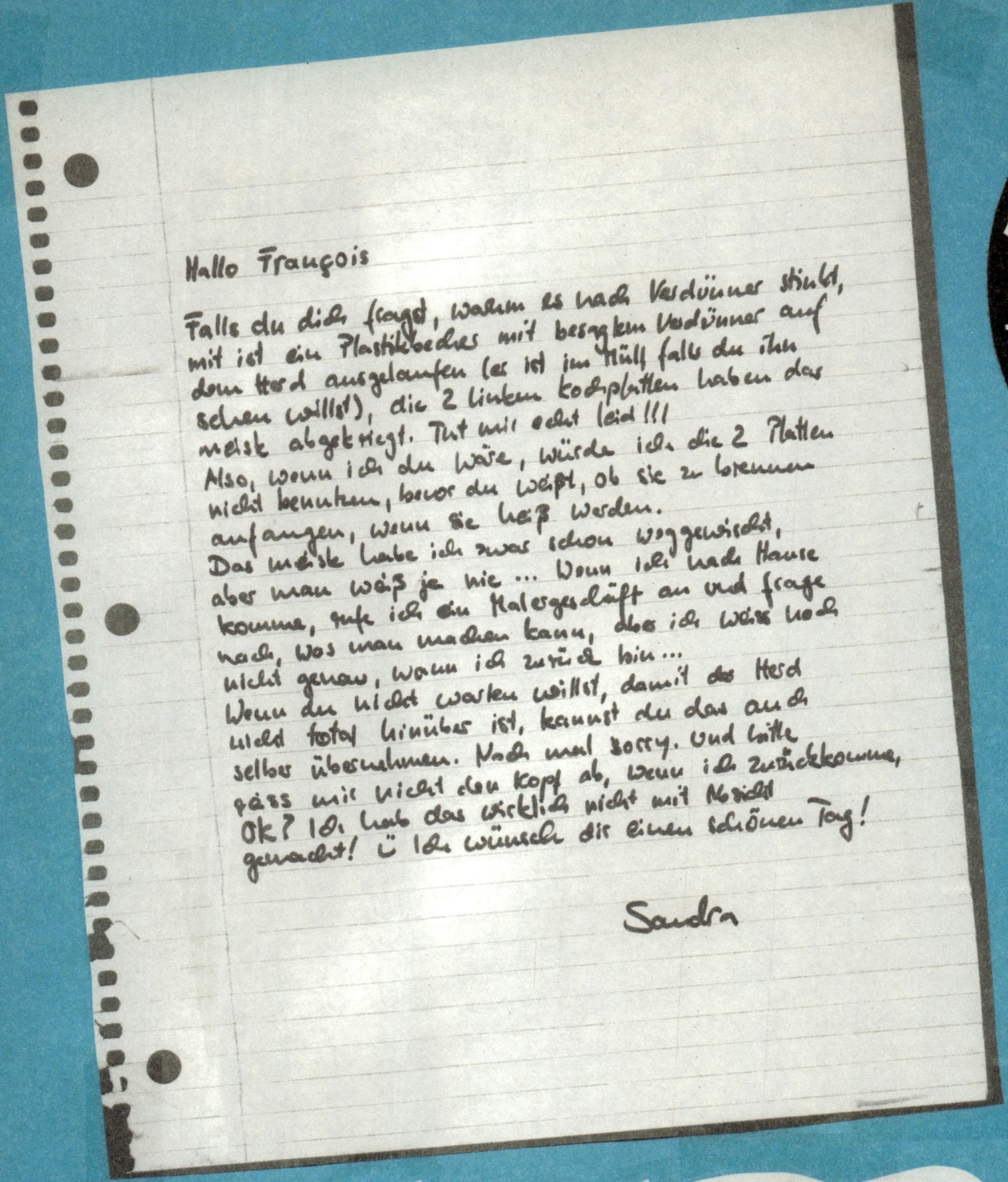

Hallo François

Falls du dich fragst, warum es nach Verdünner stinkt,
mir ist ein Plastikbecher mit besagtem Verdünner auf
dem Herd ausgelaufen (er ist im Müll falls du ihn
sehen willst), die 2 linken Kochplatten haben das
meiste abgekriegt. Tut mir echt leid!!!
Also, wenn ich du wäre, würde ich die 2 Platten
nicht benutzen, bevor du weißt, ob sie zu brennen
anfangen, wenn sie heiß werden.
Das meiste habe ich zwar schon weggewischt,
aber man weiß ja nie ... Wenn ich nach Hause
komme, rufe ich ein Malergeschäft an und frage
nach, was man machen kann, aber ich weiss noch
nicht genau, wann ich zurück bin...
Wenn du nicht warten willst, damit der Herd
nicht total hinüber ist, kannst du das auch
selber übernehmen. Noch mal sorry. Und bitte
reiss mir nicht den Kopf ab, wenn ich zurückkomme,
OK? Ich hab das wirklich nicht mit Absicht
gemacht! ☺ Ich wünsch dir einen schönen Tag!

Sandra

VERDÜNNER

GEFUNDEN von Renae Mécha, Montréal, Quebec

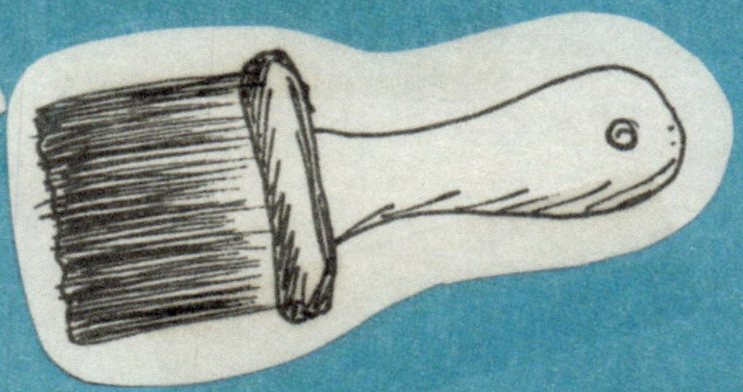

UNERWARTETE WENDUNG

GEFUNDEN von Debbie Steinberg, Ann Arbor, Michigan

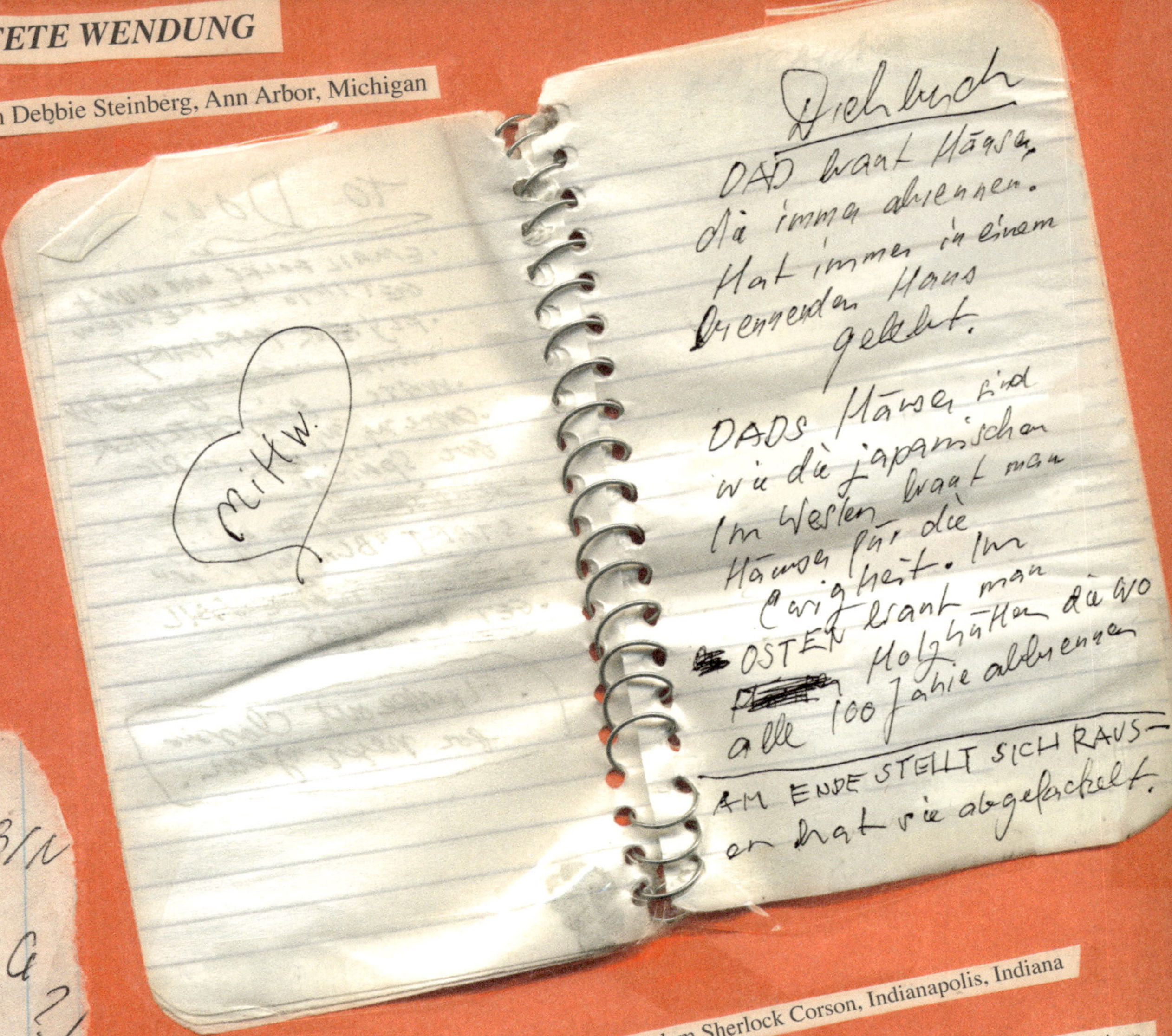

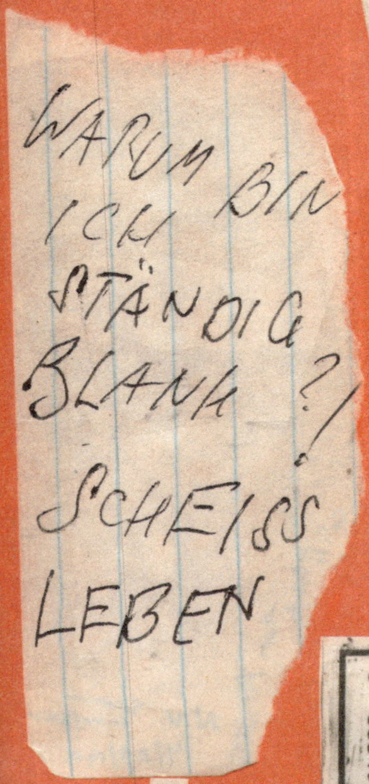

KNAPP BEI KASSE GEFUNDEN von Tom Fitzgerald, Nevada City, Kalifornien

FLOTTER DREIER GEFUNDEN von Adam Sherlock Corson, Indianapolis, Indiana

Diese kleine Zeichnung fand ich in einer Bar namens »The Alley Cat« auf der Rückseite eines Newcastle Brown Ale-Bierdeckels: genau die richtige Leinwand für diesen Kneipenkünstler.

A. S. C.

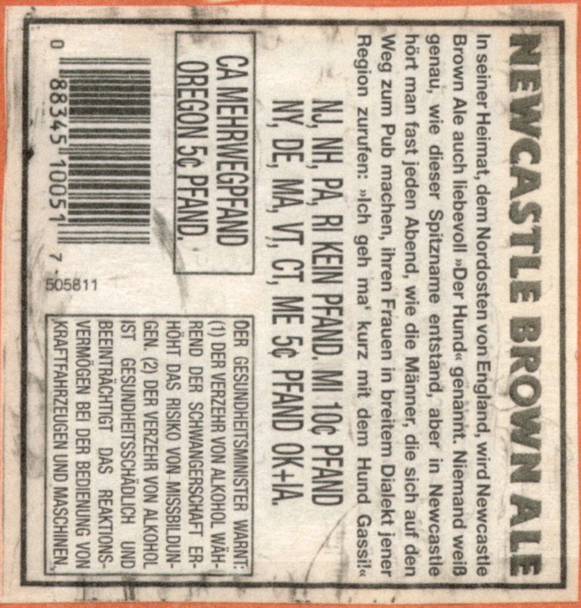

NEWCASTLE BROWN ALE

In seiner Heimat, dem Nordosten von England, wird Newcastle Brown Ale auch liebevoll »Der Hund« genannt. Niemand weiß genau, wie dieser Spitzname entstand, aber in Newcastle hört man fast jeden Abend, wie die Männer, die sich auf den Weg zum Pub machen, ihren Frauen in breitem Dialekt jener Region zurufen: »Ich geh ma' kurz mit dem Hund Gassi!«

NJ, NH, PA, RI KEIN PFAND. MI 10¢ PFAND
NY, DE, MA, VT, CT, ME 5¢ PFAND OK+IA.

CA MEHRWEGPFAND
OREGON 5¢ PFAND.

0 88345 10051 7

505811

DER GESUNDHEITSMINISTER WARNT: (1) DER VERZEHR VON ALKOHOL WÄHREND DER SCHWANGERSCHAFT ERHÖHT DAS RISIKO VON MISSBILDUNGEN. (2) DER VERZEHR VON ALKOHOL IST GESUNDHEITSSCHÄDLICH UND BEEINTRÄCHTIGT DAS REAKTIONSVERMÖGEN BEI DER BEDIENUNG VON KRAFTFAHRZEUGEN UND MASCHINEN.

GEHEIMER ORT

GEFUNDEN von Lilly und Mary,
Reno, Nevada

150^{00} BELOHNUNG!!

Das Bild zeigt ein äusserst wenig bekanntes, sehr schwer zu erreichendes Level von Super Nintendos "Super Mario World" (1990) Nur Wenige, die dieses Spiel gespielt haben, haben dieses Level je gesehen oder davon gehört. Hier ist eine Liste der 9 allgemein bekannten Levels: 1.) Yoshis Insel 2.) Donut Ebene 3.) Vanilla Dom 4.) Zwillingsbrücken 5.) Wald der Illusionen 6.) Schokoladeninsel 7.) Tal des Schreckens 8.) Sternenstrasse 9.) Spezialwelt 10.) ---?---

Beachten Sie: Dieses Level ist nicht mit der Spezialwelt zu verwechseln! Sie sehen nur ähnlich aus!

Wer mir zeigen kann, wie ich dahin komme, kriegt 150^{00} Belohnung bar auf die Kralle. Ich bin täglich ab 17 Uhr im Desert Sunset Motel, Zimmer 302, 4435 East 4. Street in Reno erreichbar. Sollte ich nicht da sein, hinterlassen Sie bitte eine Nachricht an der Tür oder der Rezeption, ich melde mich. DANKE!

Hast du diese Puppe gesehen?

Puppe Verloren!
Ganz Wichtig!

Sie heißt Lily, und sie ist eine unersetzliche Puppe, denn ihr Haar kommt von meiner Mama. Leider kann Mami ihre Haare nicht so schnell wachsen lassen, dass wir eine neue Puppe machen können.

Ohne meine Lily kann ich nachts nicht schlafen.

Wenn du sie findest, rufst du bitte meine Mama an?

Sie ist am Donnerstag dem 28. November um 14.30 Uhr irgendwo an der Ecke Montana Avenue & 9th St. verloren gegangen. Sie hatte keine Kleider an. Sie ist aus lila Stoff mit Monden und Sternen drauf.

Bitte melde dich (310) und frag nach Karin oder Vincente.

Danke!

JACKE VERLOREN

BLAU-SCHWARZES WEICHES
DÜNNES LEDER – VORNE
REISSVERSCHLUSS – PRADA

VERLOREN AM FREITAG, DEN 25. JULI UM 18 UHR BEI EINER VORFÜHRUNG DES FILMS SEABISCUIT IM RAHMEN DES FILMCLUBS (JACKE LAG ZIEMLICH WEIT HINTEN RECHTS AM ENDE DER SITZREIHE AN DER RECHTEN WAND)

GROSSER LIEBHABERWERT– BESONDERES GESCHENK VON KÜRZLICH VERSTORBENEM VATER – BIN AM BODEN ZERSTÖRT – KANN NICHT MEHR SCHLAFEN

BITTE GEBEN SIE SIE (ANONYM) BEIM KINO DER WRITER'S GUILD OF AMERIKA AB – KEINE FRAGEN – FALLS SIE IRGENDETWAS WISSEN, BITTE MELDEN UNTER (213)

BELOHNUNG

BELOHNUNG

Hohe Belohnung für Rückgabe bzw. sachdienliche Hinweise über den Verbleib eines

Doppelbetts

Kirschholz –Himmelbett

Es war eine Leihgabe an einen Freund & wurde

im Mai 2003

versehentlich aus dem Haus

Porter Street 39

geworfen.

Mein Vater hat es für mich gebaut, als ich noch klein war & es bedeutet mir sehr viel.

Bitte melden 302-

KEINE KLEIDER GEFUNDEN von Lauren Rimkus, Pacific Palisades, Kalifornien
SEABISCUIT GEFUNDEN von Anonym, Beverly Hills, Kalifornien
BETT VERLOREN GEFUNDEN von Jennifer Campbell, Boston, Massachusetts

Nach all den Jahren des Leidens ist man versucht, das „Spiel" aufzugeben. Wenn es nur so einfach wäre wie im Film. ~~[illegible]~~ Dann kriegt man diesen Drang, sich ins Nachtleben, in die Partyszene, in ein Leben auf der Überholspur zu stürzen.

SCHLAFLOS

NACHTSCHWÄRMER GEFUNDEN von Kristin McCaman

IN VEGAS

Ich fand diese Notiz in einem Flugzeug von Southwest Airlines, in dem ich von Las Vegas nach San Jose in Kalifornien flog.

Wo Nachtschwärmer in Las Vegas am besten spielen.

Von Elaine Glusac . Illustrationen von Douglas Fraser

Wir alle suchen instinktiv die Nähe anderer, ~~[illegible]~~ sonst verliert man sich in den eigenen Gedanken. Das ist vielleicht nur wirres Zeug – aber der Punkt ist, ich weiß dass das Leben im Grunde sinnlos & eintönig ist, und das macht unglaublich traurig. In mir ist eine tiefe Traurigkeit. ~~Ich schätze deshalb~~ Ich spiele die Rolle des „ewig lächelnden, gut gelaunten Typ" aber in Wirklichkeit ist das alles nur Show – ich bin ein Schauspieler – wie alle anderen im „Spiel" vielleicht ist dies ein Hilferuf – Selbstmitleid – oder einfach verrückt – aber so empfinde ich es.

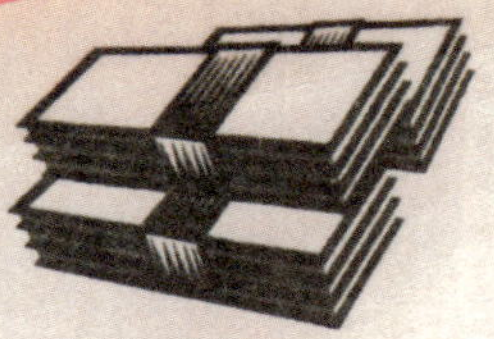

GEBISS VERLOREN AM 7.5.05

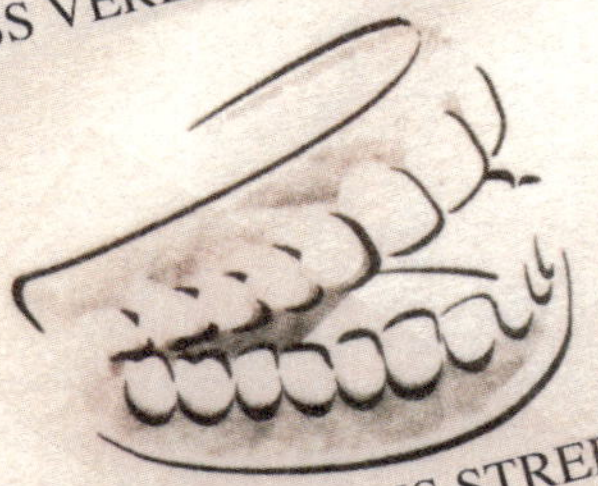

NÄHE DRAVUS STREET
BITTE ANRUFEN
(336) 945-71

GEBISS VERLOREN
GEFUNDEN von Dan, Seattle, Washington

ENTE ENTFLOGEN
GEFUNDEN von unseren Freunden aus dem Buchladen Book People, Austin, Texas

Ente entflogen!

Tel. 457-89

Finde Mich!

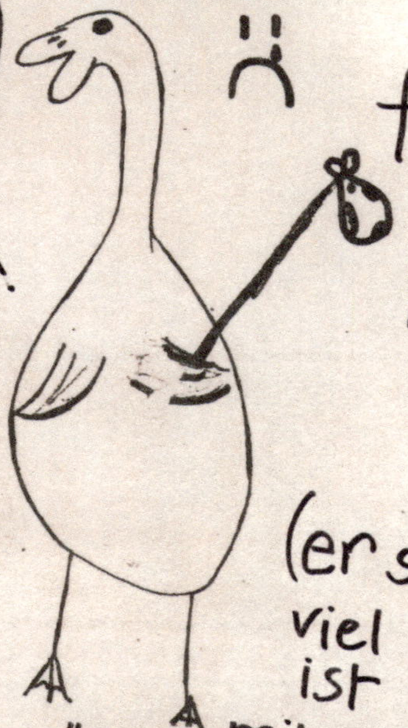

Scuby ist weg!

findet! ihn!

(er schnattert viel und ist gelb mit etwas weiß am kopf)

$ Belohnung $

HUND ENTLAUFEN

Mid-Night

Großer Schwarzer Hund, Strunzhässlich!!! Rasse: schwer zu sagen. Definitiv GEMISCHT! Sieht aus wie eine Kreuzung aus Labrador, Greyhound, Bordercollie und Hirsch. Extrem Schnell!!!

Sehr kinderfreundlich, aber verwüstet gerne Gärten (gut für die Kinder, viel Arbeit für den Papa). Wenn Sie ihn finden, bitte sperren Sie ihn sofort in die Garage (sonst macht er Ihren Garten ruck-zuck dem Erdboden gleich). Und lassen Sie nichts herumliegen, er zerbeißt alles, was er zwischen die Zähne kriegt.

Bitte melden Sie sich, wir vermissen ihn und möchten ihn endlich wieder bei uns haben (ich weiß, schwer zu glauben, aber wir hängen nun mal an ihm)
(859) 384-35

Belohnung $ 0,05

(Die Belohnung ist ein Witz, ich weiß, aber glauben Sie mir, wenn Sie ihn 1 Tag am Hals hatten, bezahlen Sie mich, damit ich ihn abholen komme)

STRUNZHÄSSLICHER HUND ENTLAUFEN
GEFUNDEN von Brad Denham, Union, Kentucky

GEFUNDENER CHIHUAHUA
GEFUNDEN von Joe Schumacher, New York

! ENTLAUFEN !

kleine Chihuahua-Hündin ca. 4-5 Jahre alt, kastriert, braun, hört auf „Jolene"
Bitte rufen Sie an, falls Sie sie finden!!
GEFUNDEN
(616) 798-11
vermisst seit: 16.30 Uhr, 22.12.05

Gute Neuigkeiten! Nicht nur der Chihuahua, sondern auch Scuby die Ente, und Midnight, der strunzhässliche Hund, wurden schließlich gefunden und zurückgegeben. Nur das verlorene Gebiss war zu dem Zeitpunkt, als dieses Buch in Druck ging, noch nicht wieder aufgetaucht.

DAVY

BITTE NICHT
MIT DEM KOPF WACKELN!
DANKE

WARNUNG AN MUSIKLIEBHABER GEFUNDEN von Dan Miller, Philadelphia

Nein:
J's Schwarm
Alkohol am Steuer
Tennessee

NEIN GEFUNDEN von Elizabeth Crane, Chicago, Illinois

warte auf mich bei dem
grosen Busch
das Kindt
mit dem grünen Ruksak

RENDEZ-VOUS
GEFUNDEN von Trevor Harris, Columbia, Missouri

Zeichnung GEFUNDEN von Debbie Steinberg, Ann Arbor, Michigan

ICH WILL IRGENDWO HINGEHEN
WO ICH NICHT IMMER DIE ZÄHNE
ZUSAMMENBEISSEN UND ANGST VOR
SKORPIONEN IM WASSER HABEN MUSS.
ICH HABE EIN KLEINES LICHT FÜR DICH
DAGELASSEN, AUCH WENN ICH WEISS,
DASS DU ES NICHT VERDIENST. ICH KENNE
JEMAND, DEN ICH UM RAT BITTEN KANN
ABER WIR HABEN UNS AUS DEN AUGEN
VERLOREN. ES IST SCHWER WENN NIEMAND
HELFEN WILL. EINEN BLUMENLADEN
UND EIN EINZIMMER-APPARTEMENT.
EIN DUNKELGRAUES AUTO UND EIN
JUNGE NAMENS CHRIS. MEHR VER-
LANGE ICH GAR NICHT.

EIN JUNGE NAMENS CHRIS
GEFUNDEN von Lori Sartin, Billings, Montana
Ich fand diesen Zettel tief zwischen den Polstern einer Couch in der Volkshochschule, wo ich Abendkurse besuche.

LÄCHELN!

GEFUNDEN von Wendy Fitzgerald,

Sarasota, Florida

Frank

ich nenne dich nie wieder Dad.
Am liebsten hätte ich meinen
alten Nachnamen wieder, und
ich hoffe, Mam lässt sich
von dir scheiden, ich
konnte dich eh nie leiden.

— Rebecca

ICH SITZ' NUR HERUM

GEFUNDEN von Mike Smith
und Dakota LaCroix,
Dothan, Alabama

Unter all den Funden, an denen ich beteiligt war, ist dies wahrscheinlich mein Lieblingsstück. Die freundliche Karte. Das getrennt lebende Paar von den Zeugen Jehovas. Der finstere Dad, der wahrscheinlich seine Familie ausgelöscht hat, nachdem er dies schrieb. Eine Freundin und ich fanden die Karte in einem leerstehenden Haus in Alabama – überall waren Löcher in den Wänden, die Teppiche waren mit Essensresten übersäht, Stofftiere waren aufgerissen und ihr Innenleben über mehrere Räume verstreut. Die Bewohner hatten das Haus anscheinend fluchtartig verlassen.

M.S.

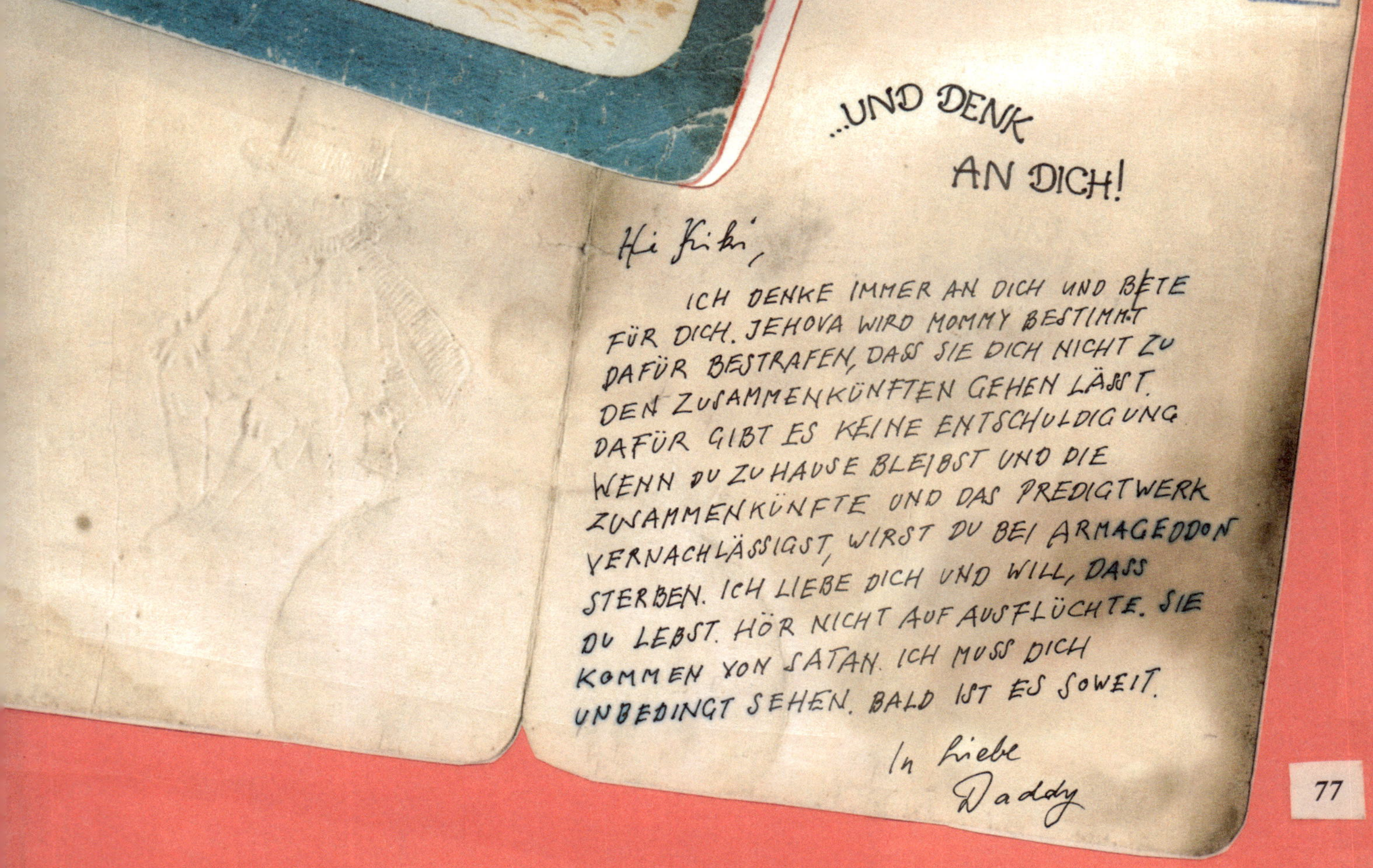

Hi Kiki,

ICH DENKE IMMER AN DICH UND BETE FÜR DICH. JEHOVA WIRD MOMMY BESTIMMT DAFÜR BESTRAFEN, DASS SIE DICH NICHT ZU DEN ZUSAMMENKÜNFTEN GEHEN LÄSST. DAFÜR GIBT ES KEINE ENTSCHULDIGUNG WENN DU ZU HAUSE BLEIBST UND DIE ZUSAMMENKÜNFTE UND DAS PREDIGTWERK VERNACHLÄSSIGST, WIRST DU BEI ARMAGEDDON STERBEN. ICH LIEBE DICH UND WILL, DASS DU LEBST. HÖR NICHT AUF AUSFLÜCHTE. SIE KOMMEN VON SATAN. ICH MUSS DICH UNBEDINGT SEHEN. BALD IST ES SOWEIT.

In Liebe
Daddy

MACH MIR AUCH EINS

GEFUNDEN von Deb Schimmel, Chicago, Illinois

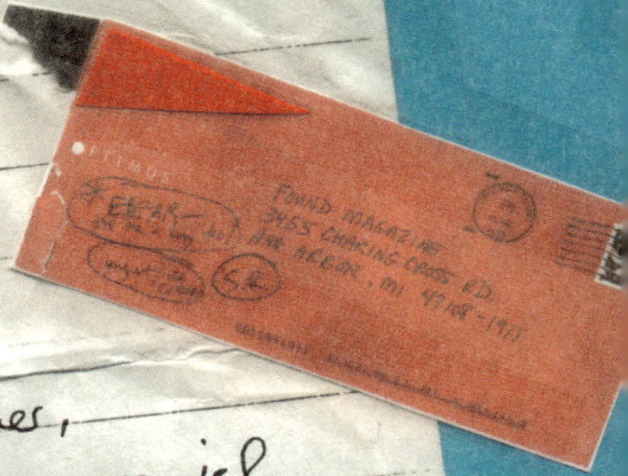

Jacob,

Hi, alles klar bei dir? Bei mir?
Alles easy. Ich weiß, du hast keinen Schimmer,
wer ich bin, aber ich seh dich oft. Immer wenn ich
dich seh, siehst du heiß aus.

Deine Kusine 2. Grades oder was sie ist hängt
immer mit meiner kleinen Samantha rum. Also hab
ich beschlossen dir zu schreiben, dass ich auf dich
steh, und sage meiner kleinen Samantha sie soll dir
den Brief geben.

Ich hab rausgefunden, dass du ein Baby hast,
das ist toll vielleicht machst du mir ja auch
mal eins.

Sag deiner Frau
nicht das ich
dir geschrieben
hab!

♡ ALLES LIEBE,

TASHA

ICH SITZE HIER

GEFUNDEN von George

San FFancisco, Kalifornien

Mein Lieber Mann,

ich sitze hier und denke an dich. Wie sehr ich dich Liebe. Ich bin stolz auf dich, weil du eine Arbeit gefunden hast, die du magst und die dich glücklich macht.

Du bist klug und zuvorkommend. Ich kenne keinen, der so lieb ist wie du – du denkst im wahrsten Sinn des Wortes immer zuerst an andere. Das ist sehr selten. Du bist viel netter und wunderbarerer als die meisten Menschen, und ich habe dich nicht verdient.

Ich weiß, ich nörgle zuviel an Dir herum, dabei bin ich (fast) nie wirklich böse auf dich. Ich bin einfach zu ungeduldig. Ich hoffe, ich verletzte deine Gefühle nicht allzu oft. Ich will dir wirklich nicht weh tun, aber ich weiß, es passiert manchmal doch, weil ich gemein bin.

Bitte verlass mich nicht, und bleib so sanftmütig.

Danke, dass du mein bester Freund bist

ZU-ERLEDIGEN-LISTEN

zu erledigen

Bücher zurückgeben
Info über College
Dads Mist wegschicken
Rechnung im Voraus bez.
Cristal schreiben
Knarren verstecken
packen
Medikamente
Steuererklärung
PC sichern
Adressen ändern
Columbia-Rechnung
bezahlen

GEFUNDEN von Holly Henderson, Bellevue, Washington

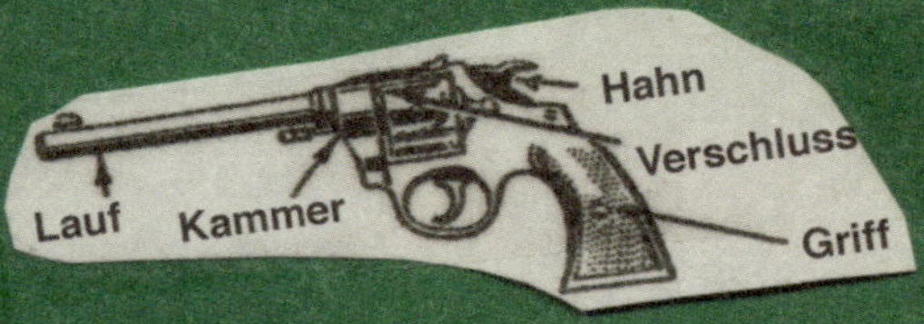

Das Referat
endlich vom
Tisch kriegen

GEFUNDEN von Kevin McGuire, Mount Pleasant, Michigan

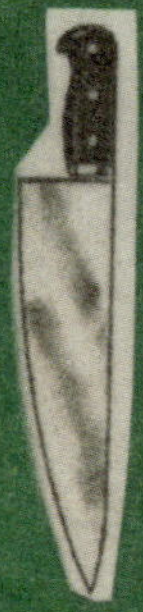

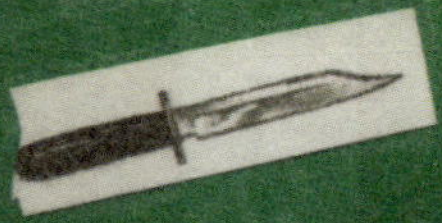

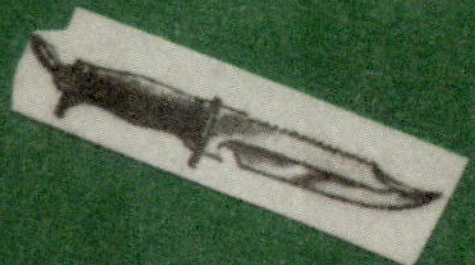

Eine Notiz von Jesse

~~Volkstest~~
Oakleys Wagen
Wäsche (schon wieder)
Messer schärfen
E. anrufen
Zoolog. Projekt

CORPORATION

GEFUNDEN von S. Dorothy, Middlebury, Vermont

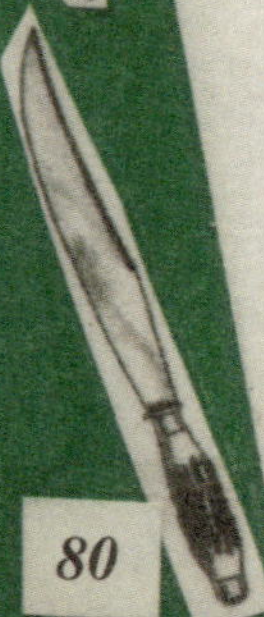

donnerstag
GEFUNDEN von laura martin

Donnerstag
- Eidechsen
- Beziehung in Schwung bringen
- Fitnessstudio
- Abschr. Nr. 1 (Nacht)
- nach Gerichtstermin
- anheuern
- Segel setzen

ich fand diese ziemlich rätselhafte liste in der gasse hinter meinem wohnhaus in santa monica in kalifornien, wo man öfter mal auf interessante papierschnipsel stößt; auf der rückseite steht ein kontoauszug, auf dem zuerst eine summe von $ 50.860,92 und dann eine abhebung von $ 49.753,42 vermerkt sind – vielleicht, weil er oder sie dabei war, „die segel zu setzen“?

ich stelle mir gern vor, dass die liste jemandem gehörte, der die stadt für immer verlassen wollte: zuerst die eidechsen weggeben, dann noch einmal die beziehung „in schwung bringen“, bevor sie zur fernbeziehung wird, dann der letzte gang ins fitnessstudio, um schließlich den anker zu lichten und davonzusegeln ...

… Laura Martin, Santa Monica, California

Zu Erledigen

- E-mail an Corey schreiben
- ihm Lesben vorstellen
- mir weiter einreden, dass ich nicht in ihn verknallt bin

GEFUNDEN von Jessica Mikulak, Washington, D.C.

Homosexualität
Poligamie
Geschlechtsumwandlung
verbrechen
Abtreibung
außerehelich

GEFUNDEN von Kate Taylor, Salt Lake City, Utah

~~Gouda~~
~~Käse~~
- ~~Obst~~
- Cola
- ~~Joghurt~~
- ~~Salat~~
- ~~Erdbeeren~~
- ~~Brötchen~~
- ~~Möhren~~
- ~~Schinken~~
- ~~Eier~~
- ~~Pita Brot~~
- ~~Milch~~
- ~~Kartoffeln~~
- ~~Müsli~~
- ~~grüne Bohnen~~
- ~~Donuts~~
- ~~Zwiebeln~~
- ~~Gurken~~
- ~~Falaffel~~
- ~~Hummus~~
- ~~Salatkopf~~

ABENDESSEN

- ~~Hühnchen~~?
- gt. ~~Rindfleisch~~?
- ~~Fischfilet~~
- ~~Weisse Bohnen~~

- B R O T

GEFUNDEN von Debbie Steinberg, Ann Arbor, Michigan

Liste zu erledigen

uns gegenseitig beim Masturbieren zugucken

Stripclub

Treffen / Bar

Schaumbad für zwei mit kerzenlicht Champagna und Schokoerdbeeren

kleines Spielzeug sie bläst mir einen

spazieren gehen, einen halb öffentlichen Ort finden du bückst dich, ich hebe deinen Rock hoch und mach's dir von hinten im Stehen

die Swinger-Welt erkunden ..... z.B. Clubs, Magazine etc.

Balkon, Geländer, vorbeugen ....

GEFUNDEN von Anna Parker, Cranston, Rhode Island

REIS GEFUNDEN von Karen Cutter, Belmont, Kalifornien
Diesen Zettel hat ein 19-jähriges Mädchen hinterlassen, das 1989 auf unser Haus aufgepasst hat.

WAS ICH BRAUCHE

TEPPICHREINIGER
NAGELKNIPSER
WATTESTÄBCHEN
SEX UND VERSTÄNDNIS
ÖL, GEMÜS.
REIS
WARZENENTF. + HEFTPFLASTER

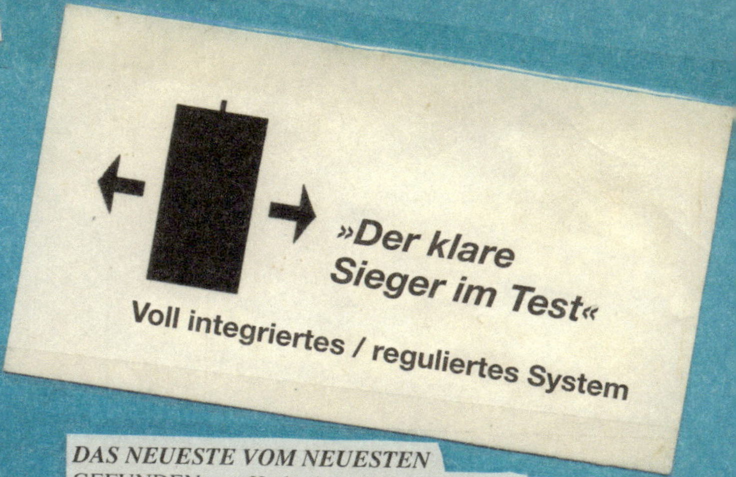

DAS NEUESTE VOM NEUESTEN
GEFUNDEN von Katherine Allred, Salt Lake City, Utah
Diese Geschäftskarte fand ich beim Utah State Fair auf dem Boden. Keine Ahnung, wofür da geworben wird.

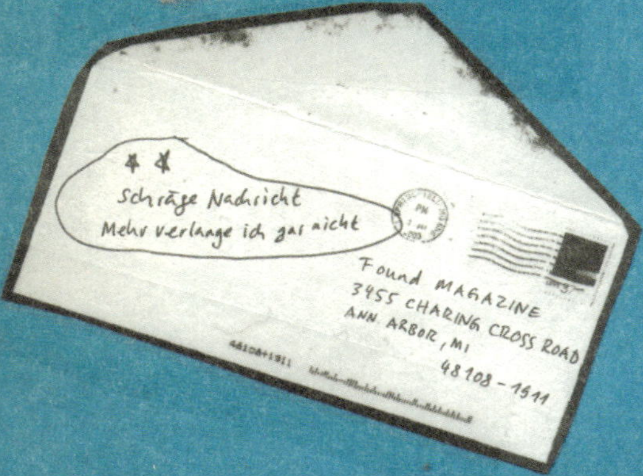

NICHT FRAGEN
WEISS NICHTS
MEHR INFO. IM HUT

MEHR INFO IM HUT GEFUNDEN von Arnie Rutkis, Birmingham, Alabama

Foto, GEFUNDEN von Rich Polysorbate, Reno, New York

SCHON WIEDER BEKLAUT!

GEFUNDEN von Jeff Orig,
Honolulu, Hawaii

Kyle, du Arsch, diesmal bist du
zu weit gegangen.
Man hat mich SCHON WIEDER BEKLAUT!
Diesmal fehlen mein Ausweis
die Schecks und das Gleitmittel
DU BIST EIN DIEB + EIN LÜGNER.
VON JETZT AN LEBST DU NICHT MEHR HIER.
Ich hab die Polizei gerufen und dich
angezeigt. Ich kann nicht glauben, dass
du mich so bescheißt. Dein Drogenkumpel
ist vorbeigekommen und hat über deine
Sex- und Drogenexzesse von neulich
Nacht ausgepackt. Ich habe meine
DVD's + die übrigen Sachen in deinem
Zimmer gefunden. Außerdem dein Drogen-
zubehör. (Leg die Schlüssel auf die Fußmatte)

Ich fand diesen Zettel bei einem Spaziergang am Strand von Waikiki. Es ist schon hart genug, wenn einem die Schecks und der Ausweis geklaut werden, aber dann auch noch das Gleitmittel – das ist der Gipfel. Dieser Kyle ist echt das Letzte.

J.O.

16. Sept. 95

PETER! ALIAS „ASI SCHNORRER PUNK" "DIEB" "HEULSUSE" "POTTSAU"

HERZLICHEN DANK DASS DU VORBEIGESCHAUT UND DICH
FÜNF MONATE LANG DURCHGESCHNORRT HAST. NICHT EINE
RECHNUNG BEZAHLT HAST. MEINE STEREOANLAGE, UHR, KASSETTE
GEKLAUT HAST.
ICH WEISS, ES IST ÄTZEND, WENN LEUTE EINEM WAS ZU ESSEN
GEBEN, WENN MAN HUNGER HAT, UND AUSSERDEM EIN DACH ÜBER
DEM KOPF, TABBAK UND GELD, WIE KONNTE ICH NUR SO MIES SEIN.
HEY, ICH WEISS, DIE KLAMOTTEN DIE ICH DIR GEGEBEN HAB,
WAREN EINFACH NICHT COOL GENUG. ICH WEISS, ES HAT NICHT
GEREICHT, HINTER DIR HERZURÄUMEN, ICH HÄTTE AUCH NOCH DEIN
ZIMMER PUTZEN, DEINE KLAMOTTEN WASCHEN UND DIR
DEN SCHEISSHINTERN ABWISCHEN SOLLEN.
DANN HÄTTEN VIELLEICHT WENIGSTENS DEINE SCHNORRER-
FREUNDE DEINEN GESTANK ERTRAGEN!
NICHT ZU VERGESSEN DIE TOLLE FETTE 15-JÄHRIGE AUS-
REISSERIN, DIE DU IN UNSERER WOHNUNG VERSTECKT HAST.
NATÜRLICH HATTEN WIR DESHALB DIE BULLEN AM HALS. DIE NACHBARN
WAREN ECHT BEGEISTERT, ALS DIE BULLEN IHRE WOHNUNG
GESTÜRMT HABEN.
SIE HABEN JETZT EINE ECHT HOHE MEINUNG VON DIR!
ABER HEY, HABEN WIR DAS NICHT ALLE!
GRUSS UND KUSS DEIN FREUND FÜR'S LEBEN Chad

Zeichnung von Lucas Richards

ASI SCHNORRER PUNK

GEFUNDEN von Tae Won Yu,

Olympia, Washington

Heute Morgen fand ich eine Bananenschale genau vor der Haustür, die anscheinend absichtlich fallengelassen wurde. Sie war eine Gefahr für alle, die das Haus verlassen wollten, jemand hätte ausrutschen und sich verletzen können.

Wenn sich herausstellt, wer dafür verantwortlich ist, werden wir geeignete Maßnahmen gegen die Person ergreifen, die das Leben anderer Leute (ob absichtlich oder unabsichtlich) gefährdet hat. Nehmen Sie Rücksicht auf Ihre Nachbarn und halten Sie Ihre Umwelt sauber. Lassen Sie Ihren Müll nicht dort liegen, wo er eine Gefahr für andere darstellt.

Bitte melden Sie sich bei mir, wenn Sie etwas über den oder die Täter wissen.

Lillian Hew, 5.5.03

Lillian Hew

DER FALL DER ANSCHEINEND ABSICHTLICH FALLENGELASSENEN BANANENSCHALE

GEFUNDEN von Jacqueline Wood, Boston, Massachusetts

PANIK
GEFUNDEN von Kim Finale, Rohnert Park, Kalifornien

Kayla,

na was geht? OMG, gestern war ich mit Ashley an
der Rancho Cotak und habe solche Panik davor, in
9 Monaten zur Highschool zu gehen. Ich bin noch nicht
so weit. Mir geht der Arsch auf Grundeis.
Was ist mit dir? Hast du keine Panik?
Ich will schon raus aus der MSMS aber was
wird dann aus uns? Vielleicht sind wir dann
keine Clique mehr! Werden wir noch
Freunde sein? Gehen wir in dieselben Kurse?
Mit wem werden wir rumhängen? Was wird
passieren? Wird es so wie in der alten Schule?
Wir haben nie darüber nachgedacht!
Bitte versprich mir, dass wir immer Freundinnen
bleiben! So, bin jetzt tierisch müde also schreib
ASAP!

VLG,
Donna

AKA: Teufelskind
oder Böses Mädchen

Foto, GEFUNDEN von Pavlina Fonville, Berlin, New Hampshire

Ich bin in der 2. Klasse

Hoffentlich werde ich versetzt.

MOVING ON UP
GEFUNDEN von David Kanthor, McCune, Kansas

BOMBENDROHUNG
GEFUNDEN von Chris Rush, Tuscon, Arizona

Liebe MaMa lieber Papa
die Schule ist doof
ich will da nicht mer
hin
Ich will in eure Schule
gehen und zu hause
bleiben! Danke,
Chanel

Marjolein Bastin

EURE SCHULE
GEFUNDEN von Colleen Kennedy, Mahwah, New Jersey

BEZAHL DIE SCHEISS RECHNUNG DU MIESES STÜCK!

RECHNUNG GEFUNDEN von Ashley Rogers, Asheville, North Carolina

Sorry, ein Auto hat mich geschnitten und ich bin mit dem Rad vor Ihren Spiegel geknallt, tut mir echt leid

KAPUTTER RÜCKSPIEGEL GEFUNDEN von Sosi Malta, Santa Rosa, Kalifornien

20. Aug 2003 Point Reyes
Ich habe einen schönen Stein gefunden und einen netten Jungen abbekommen.
21/22. Aug Butano State Park –
wo übernachten wir? Aufregung, Zelten wie in Blair Witch Project und Frühstück bei Dunant Brombeersirup –
hast du die Karte weggeworfen, Pat?

BROMBEERSIRUP GEFUNDEN von Bruce Gerstman, Berkeley, Kalifornien

Danke dass du mir geholfen hast mich zu ~~ernnern~~ erinnern.

ERRNERN
GEFUNDEN von Miriam DeSharnais, Baltimore, Maryland

„Bist du sicher?"
„Ja, völlig sicher."
— — — — — —
„Ganz sicher!"
Absolut. Hundertprozentig
— — — — — — — —
„Liebst du mich?"
„Aber sicher!" (Natürlich!)

GENERALPROBE
GEFUNDEN von Alyssa Banta, Manhattan, New York

Du hast mein Rad abgeschlossen – das hat mich in eine sehr unangenehme Lage gebracht
ich musste jemand bitten, meine Bremsen auseinander zu nehmen damit ich pünktlich zu meinem Zweitjob komme
Pass demnächst auf was du abschließt

ZWEITJOB-BLUES GEFUNDEN von Crow Hillister, Toronto, Ontario

DAS LEBEN GEFUNDEN von Ivy Knipe, Tuscon, Arizona

ICH BRAUCHE DIE SPANISCH-NOTIZEN

DESPERACION GEFUNDEN von John L. White, Hampden Academy, Maine

An die Person, die mein Essen (bestehend aus Hummus, Mango-Salsa, Tortillas und Salat, Tortillas und Guacamole) aus dem kleinen braunen Kühlschrank gestohlen hat, ich weise Sie darauf hin, dass ich bereits aus den Behältern gegessen habe. Wenn Sie grippeähnliche Symptome entwickeln, suchen Sie bitte einen Arzt auf.

EISKALTE GERECHTIGKEIT GEFUNDEN von Mrs. M. Pan, U.S. Justizministerium, Washington, D.C.

Weißt du noch wie ich gesagt habe hier gibts eine Catze ohne Augen Ich hab sie ausgerissen

AUSGERISSEN GEFUNDEN von Nate Cordero, Sacramento, Kalifornien

MEIN NEUES ICH

GEFUNDEN von Princess Ramona,
New Orleans, Louisiana

SUPERDOME KARTEN
GEFUNDEN von Davy Rothbart,
New Orleans, Louisiana

Liebe Mom! Viele Grüße aus New Orleans! Ich muss dir was gestehen. Ich war gar nicht hier um abzufeiern. Vor zwei Tagen habe ich mich in Tulane unters Messer gelegt – ich habe mir die Stirn liften lassen, die Lippen aufspritzen, die Ohren anlegen und am Po Fett absaugen lassen. Alles ging gut, obwohl es noch wehtut und mir von dem Schmerzmittel noch etwas schummrig ist. Mom war immer dagegen, aber jetzt, wo er weg vom Fenster ist, wollte ich es mir endlich machen lassen. Ich hoffe, mein neues Ich gefällt dir wenn ich zurückkomme. Ellen

Vicki Morrison
1207 Tyler Ave
Cincinnati, Ohio
45220

An deinem Fahrrad
sind zwei perfekte Spinnennetze
von richtig fetten Spinnen
ungefähr so groß
schau hin bevor du sie zerstöhrst,
die Spinnen sind noch in der Nähe
auch wenn du sie nicht siehst.

SPINNEN UND FAHRRÄDER

GEFUNDEN von JoEllen Martinson & Rob Davis,
St. Paul, Minnesota

ERWARTUNGEN
=
ENTÄusch

LEKTIONEN FÜRS LEBEN #1

GEFUNDEN von Alexis Koren,
Hollywood, Kalifornien

Ich bin froh,
dass du mich
entjungfert hast.
Es war sehr schön.
Danke für die
wunderbare Nacht,
Süßer

LEKTIONEN FÜRS LEBEN #2

GEFUNDEN von Dorothy Fox,
Fontana, Kalifornien

AN DEN SNEAKERS RIECHEN

GEFUNDEN von Richard Wilson, Portland, Maine

Ich möchte an den Sneakers und Stiefeln eines Messdieners riechen, er hat in der Messe vom 7. Januar 1995 in der Saint Pauls Kirche in Portland den Altardienst gemacht. Ich glaube, sein Name ist VICTOR. Er ist ein toler Junge. Ich finde ihn wirklich nett.

Fotos, GEFUNDEN von Connie Launuen, Normal, Illinois

Hast du schon mal was gemacht, was den anderen komisch vorkam, weil du genau wusstest, es ist Gottes Wille?

TEIL SEINES PLANS

GEFUNDEN von Sam England, Urbana, Illinois

KLEINWÜCHSIGEN-ESCORTSERVICE

GEFUNDEN von Jed Lackritz

in der U-Bahn

KLEINWÜCHSIGEN-
ESCORTSERVICE
SUCht VERZWEIFELTE
FRAU DIE WOLHABENDE
GUT SITUIERTE MÄNNER
IN DIE STATT BEGLEITET
AUSSERDEN SUChen WIR
STRIPERINNEN UND
TÄNZERINNEN FÜR SEER
INTIME PARTYS, FÜR
NÄHERE INFORMATIONEN
MELDEN SIE SICH BEI MR.
ANTHONY GARZA TELEFON
15248 ODER PAGER 88 00489 70
PIN 85 HINTERLASSEN SIE
NAMEN, KURZE NACHRICHT UND
TELEFONR. WIR RUFEN SOFORT ZURÜCK

GIGI

GEFUNDEN von Genevieve,

San Francisco, Kalifornien

Diese drei Faxe kamen mitten in der Nacht aus dem Faxgerät in meinem Büro. Wer ist Gigi? Ein Hund, eine Katze, ein Kind? Warum wird Gigi gefangen gehalten? Die letzte Seite gefällt mir besonders gut – ups – meine Schuld!

G.

DAS ZWEITE FAX

41588963 p.1

Aug 25 05 02:43a

Das ist mies und
seelische Grausamkeit.
Kein Wunder, dass du alle Frauen,
mit denen du zusammen bist,
verrückt - (wahnsinnig) machst.
Sie treten einer Sekte bei, wollen
sich umbringen, oder verlassen
monatelang ihr Bett nicht
+ müssen Antidepessiva schlucken
Benimm dich einmal im Leben
wie ein Mann, du bist nicht der
Nabel der Welt. Lass Gigi frei.
Ich kann nicht fassen, dass du
zu sowas fähig bist.
Du <u>musst</u> <u>sie</u> mir <u>zurückgeben</u>
wenn nicht, rufe ich die Polizei.

DAS ERSTE FAX

Aug 25 05 02:36a 41588963 p.1

Ich will Gigi zurück!
sag mir wo sie ist, und ich hole sie ab!
Wieso tust du mir das an?
Sei ein Mann

Aug 25 05 02:56a 41588963 p.1

DAS DRITTE FAX

Tschtuldigung, falsche Nummer!

GEFUNDENE
EINKAUFSZETTEL!!!

Cedar-Dressing
Schweiß-Diät-Sirup
Zuckerpäckchen
Eisakrisaumops
Bagels
9x99

ZUCKERFREI

GEFUNDEN von Fred Tuttle,

Syracuse, New York

Diese Einkaufliste fand ich in einem Aschenbecher an der Tankstelle. Da hat anscheinend jemand vorher den falschen Sirup erwischt!

F.T.

FÜR SITZENGELASSENE

GEFUNDEN von Brian Hare,

Bowling Green, Ohio

Dieser Supermarkt-Kassenzettel, gefunden in einem Buch in der Bibliothek der Bowling Green State Universität, enthält die wichtigsten Utensilien, die eine Frau nach einer Trennung braucht.

B.H.

BEI UNS BLEIBEN DIE PREISE UNTEN
GESCHAEFTSFÜHRER: JEFF

ST# 1927 OPS# 002689 TE# 17 TR# 04818

SCHOKOLADE	007726000001 F	4.97
HAARTOENUNG	007124918409	7.83
HAARTOENUNG	007124918409	7.83
SHAMPOO	007278506688	1.64
ULTRASANFT	007704310567	3.68
ROSENDUFT	003772479102	2.87
BADEPERLEN	003772479102	2.87
	SUMME	31.69
	1 MwST 5,750 %	1.54
	TOTAL	33.23
	KARTENZAHLUNG	33.23

KASSE #6961-07
GENEHMIGUNG #000408
TRANS ID
GUELTIGKEIT
PAYMENT SERVICE - N
RUECKGELD 0,00

VERKAUFTE ARTIKEL 7
*** QUITTUNG***

28 TAGE SPÄTER

GEFUNDEN von Jonathan Shipley, Vashon, Washington

Ich fand dies Ende Januar auf dem Parkplatz einer Fast-Food-Kette. Ich vermute, der gute Vorsatz, sich im neuen Jahr gesünder zu ernähren, hat nicht lange vorgehalten.

J.S.

- Diätcola
- Wasser
- Mineralwasser
(vielleicht Limonel
- Tampons
- Eis am Stil
- Red Bull
- Gesunder Tiefkühlfraß
- Vitamin-/Diätpillen
- Wein?
-

SEXBUCH UND BIBEL

GEFUNDEN von Mike Smith, Las Cruces, New Mexic

LapTop
Gitt
Mikros
Ständer-Lautsprecher + Musik
Bass
Musik für David aufnehmen
Sexbuch
Bibel

MISSION ERFÜLLT!

GEFUNDEN von Shannon Booker,

Salt Lake City, Utah

Ich fand dieses Bild – ein Mormonenmissionar hält eine Flasche mit einer geheimnisvollen Flüssigkeit in der Hand – in der Innenstadt von Salt Lake City auf dem Gehsteig.

S.B.

JEF

Tampons

PERIODE GEFUNDEN von Chris Willis, Portland, Oregon

Brot
Käse
Milch
DVD-Rohlinge
Duftkerze
CD / DVD-Hüllen
Spülmittel

DUFTKERZE GEFUNDEN von Chris Willis, Portland, Oregon

Kleenex-Papiertaschentücher
Papierteller (Nachtisch)
Eiscreme
2 Beileidskarten

ZWEI GEFUNDEN von Chris Willis, Portland, Oregon

FREIHEIT GEFUNDEN von Chris Willis, Phoenix, Arizona

Kekse
Trockenobst
Milchpulver
Konserven: Fleisch, Suppe,
Soße
Cornflakes
Vitamine, Reis
Tee
Tiefkühlzeug? Brot
Eintöpfe? Suppen
Erdnussbutter
Cracker
Popcorn
getrocknete Kartoffeln
Packung Käse: Velveta
Trinkschokolade

Rosinen
Baked Beans
~~Brot~~
Saft
Milch
Müsliriegel
Taschenlampe
Kaffeekanne
Grill
Waffe?
Batterien
Kerzen
Heizofen

JAHR-2000-CHECKLISTE
GEFUNDEN von Ray Haque, Minot, North Dakota

Ich kaufte mir in einem Wohltätigkeitsladen das Buch *Das Jahr-2000-Problem*. Darin fand ich diese Liste, auf der sich jemand notiert hatte, welche Vorräte er noch braucht, um für die drohende „Katastrophe" gewappnet zu sein. R. H.

Kondensmilch
Mehl
Koriander – grüne Zwiebeln
Milch 2%

WC-Deo
Wasser

Wer ehrlich ist, ist frei

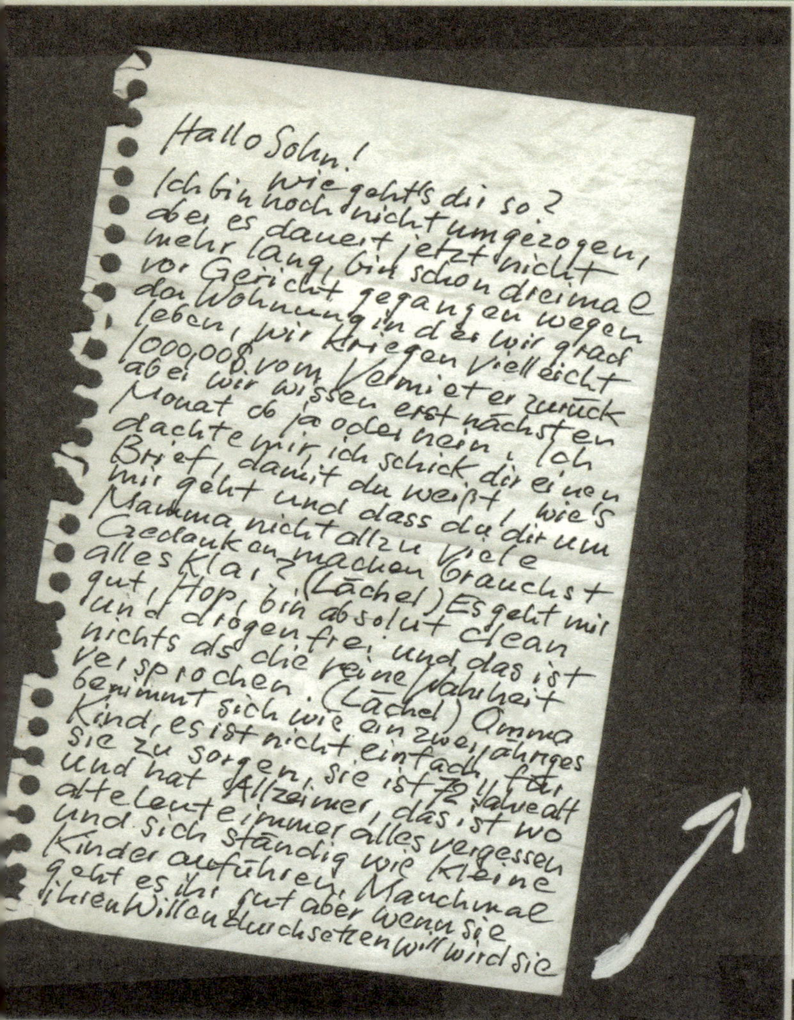

Hallo Sohn!
Wie geht's dir so?
Ich bin noch nicht umgezogen, aber es dauert jetzt nicht mehr lang, bin schon dreimal vor Gericht gegangen wegen der Wohnung in der wir grad leben, wir kriegen vielleicht 1000,00$ vom Vermieter zurück aber wir wissen erst nächsten Monat ob ja oder nein. Ich dachte mir, ich schick dir einen Brief, damit du weißt, wie's mir geht und dass du dir um Mamma nicht allzu viele Gedanken machen brauchst alles klar? (Lächel) Es geht mir gut, Hop, bin absolut clean und drogenfrei und das ist nichts als die reine Wahrheit versprochen. (Lächel) Omma benimmt sich wie ein zweijähriges Kind, es ist nicht einfach für sie zu sorgen, sie ist 72 Jahre alt und hat Alzeimer, das ist wo alte Leute immer alles vergessen und sich ständig wie kleine Kinder aufführen. Manchmal geht es ihr gut aber wenn sie ihren Willen durchsetzen will wird sie

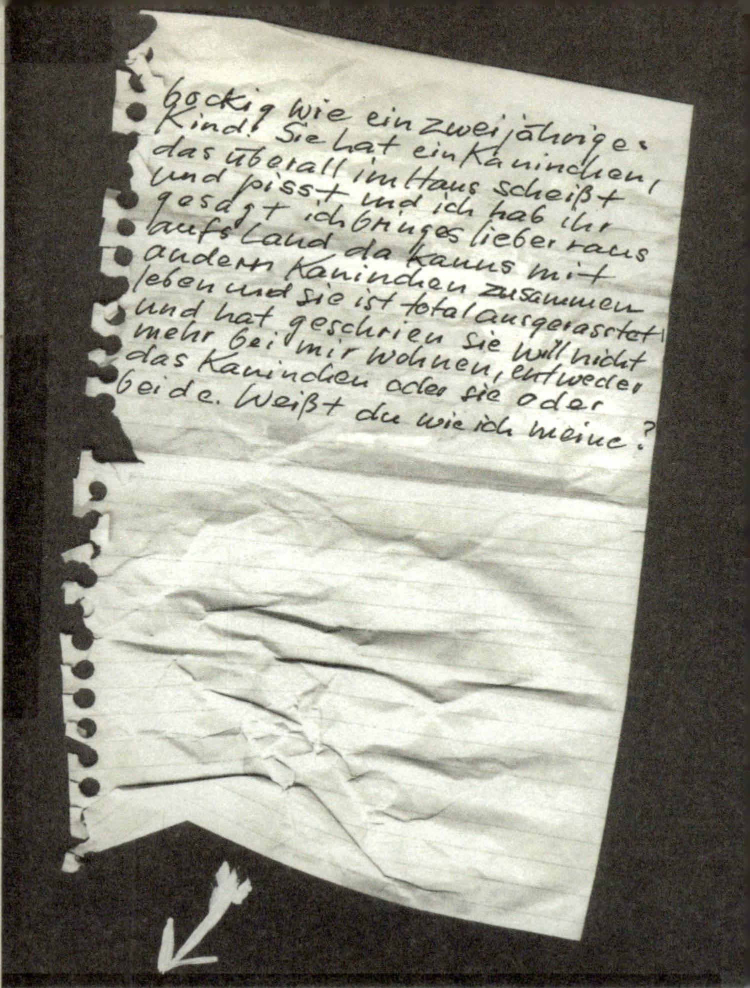

bockig wie ein zweijähriges Kind! Sie hat ein Kaninchen, das überall im Haus scheißt und pisst und ich hab ihr gesagt ich bringes lieber raus aufs Land da kanns mit andern Kaninchen zusammen leben und sie ist total ausgerastet und hat geschrien sie will nicht mehr bei mir wohnen, entweder das Kaninchen oder sie oder beide. Weißt du wie ich meine?

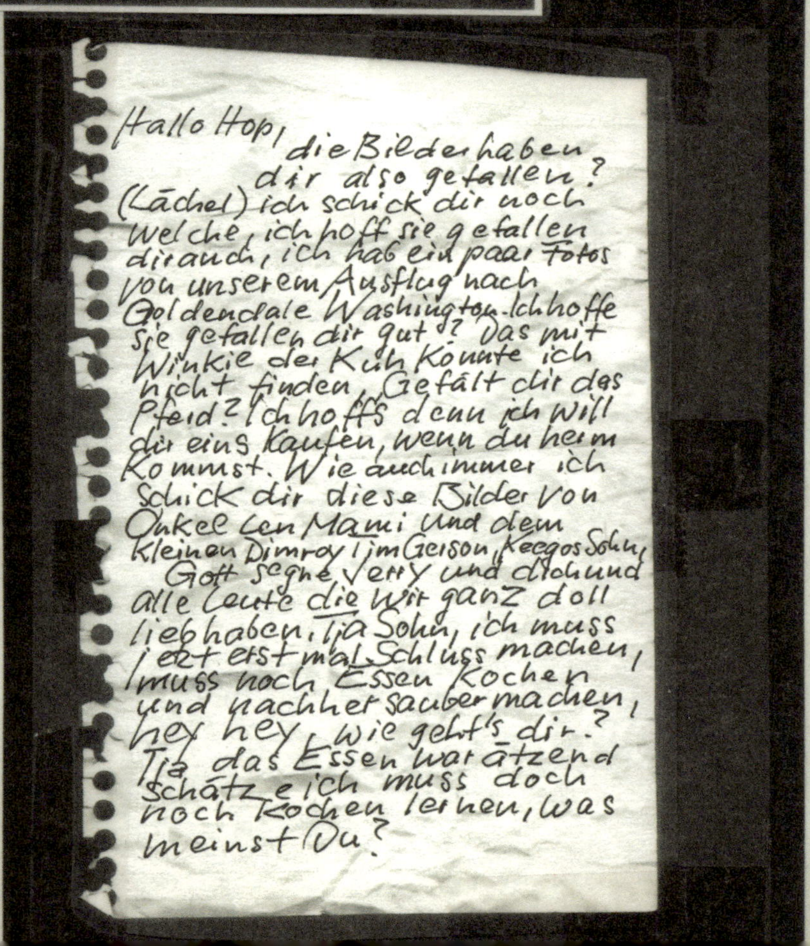

Hallo Hop,
die Bilder haben dir also gefallen? (Lächel) ich schick dir noch welche, ich hoff sie gefallen dir auch, ich hab ein paar Fotos von unserem Ausflug nach Goldendale Washington. Ich hoffe sie gefallen dir gut? Das mit Winkie der Kuh konnte ich nicht finden, Gefält dir das Pferd? Ich hoffs denn ich will dir eins kaufen, wenn du heim kommst. Wie auch immer ich schick dir diese Bilder von Onkel Len Mami und dem kleinen Dimroy Jim Geison, Keegos Sohn,
Gott segne Jerry und dich und alle Leute die wir ganz doll liebhaben, Tja Sohn, ich muss jetzt erst mal Schluss machen, muss noch Essen kochen und nachher saubermachen, hey hey, wie geht's dir? Tja das Essen war ätzend Schätzchen ich muss doch noch kochen lernen, was meinst Du?

NOCH NICHT UMGEZOGEN

GEFUNDEN von Rory Carroll, Portland, Oregon

MIT JEN ZUSAMMENKOMMEN

GEFUNDEN von Jacques Lamarre, Hartford, Connecticut

ZU ERLEDIGEN

~~NEUES Skateboard-Deck besorgen~~
~~mir Namen für die Band ausdenken~~
~~RASENMÄHDIENST GRÜNDEN~~
mit JEN ZUSAMMENKOMMEN
DIE 6. KLASSE SCHAFFEN

SEX MIT DAVE

GEFUNDEN von Bob Paggaro, Spokane, Washington

Gitarre verkaufen
~~Stiefel kaufen~~
Waschmittel kaufen
Handtuchhaken kaufen
Kims Rezept
Sex m. Dave
neue Jeans kaufen

KAUFVERTRAG

Hiermit überlässt der Verkäufer Mr. Nigel Dang dem Käufer Mr. Terrance Dang für die Summe von US$ 100 seinen 1973 Ford LTD, der Vertrag tritt am 9.1.2004 in Kraft. Der Käufer erhält keinen KFZ-Brief, dieser ging nach dem Sturz der kongolesischen Regierung bei dem Brand der unterirdischen Öl-Quellen verloren, dennoch erhält er das volle Eigentumsrecht an oben bezeichnetem Kraftfahrzeug. Der Kauf erfolgt ohne Garantie und Rückgaberecht.

Unterschrift und Datum:

Mr. Nigel Dang ____ 09.

Mr. Terrence Dang T. Dang ____

UNVERBRIEFT

GEFUNDEN von Peter Rothbart, Chamberlain, South Dakota

Foto, GEFUNDEN von Tom Dykas, St. Louis, Missouri

Foto, GEFUNDEN von Tom Slatin, Chazy, New York

AGENDA

DATUM 27. 10. 92

Bitte geben Sie gut auf diesen Wagen Acht. Sein Spitzname ist Schwarzer Blitz.

Keith Cooper

SCHWARZER BLITZ

GEFUNDEN von Chris Cuneo,

Boxboro, Massachusetts

Diese kleine Notiz fand ich in einem Wagen bei einer Autoversteigerung. Es ist wirklich rührend, sich vorzustellen, wie Keith diese Nachricht schreibt und von seinem heißgeliebten Auto Abschied nimmt.

C.C.

Keith's Nachricht und diese beiden Bilder wurden an ganz unterschiedlichen Orten entdeckt und kamen binnen weniger Wochen bei uns an ... unheimlich!

DAVY

Foto, GEFUNDEN von Carrie Ardoin, Dallas, Texas

3. 11. 05

Hallo Oma,
Du bist echt 'ne Nummer. Ich werde in ein paar Monaten 20, aber meine Oma schickt mir immer noch 5 Mäuse zu Halloween. He, versteh mich nicht falsch. Ich freu mich darüber, aber es ist echt nicht nötig. Ehrlich, stat 5 Dollar hätte ich viel lieber einen Brief, in dem du mir schreibst, wie es dir geht und was du so treibst. Trotzdem vielen lieben Dank. Freu mich schon auf Weihnachten in TC.

Alles Liebe
[illegible]

GIB MIR FÜNF GEFUNDEN von Beth Simon, Traverse City, Michigan

Hey Mann, wir wollten dich fragen, ob's dir was ausmacht, dein Auto etwas zurückzusetzen oder in die Einfahrt zu stellen. Wir haben Probleme, mit unseren Wagen in unsere Einfahrt zu kommen, weil ein paar davon einen großen Wenderadius haben. Wir wollen dir nicht aus Versehen 'ne Beule verpassen. Danke

GROSSER WENDERADIUS GEFUNDEN von Amy Brennan, Reno, Nevada

Name Den Datum

Wie man eine Geschichte über sich schreibt • I

Ich schreibe darüber, wie ich mal mit einer Wafe bedroht worden bin.

So fängt meine Geschichte an. Als ich mal mit meinen Freunden die Straße entlanggegangen bin, kamen uns zwei Jungs mit einem Pitbull entgegen. Wir haben uns versteckt, weil der Pitbull nicht an der Leine war.

Im Hauptteil der Geschichte passiert Folgendes. Dann haben sie uns aus dem Versteck gezerrt, aber mich haben sie losgelassen und sind hinter meinem Freund hergerannt und ich wollte weglaufen und Hilfe holen. Aber dann haben sie mich gepackt und mir eine Wafe an den Kopf gehalten. Und einer hat gesagt, Kein Mucks sonst puste ich dir den Kopf weg.

Und so endet meine Geschichte. Dann hat er mich losgelassen und gesagt, ich geb dir Geld wenn du das Maul hälst. Ich habe nein gesagt, bin nach Hause gerannt und habe alles meinen Eltern erzählt und sie haben 110 gewählt.

Diese Einzelheiten beschreibe ich noch in meiner Geschichte. Was er mit meinem Freund gemacht hat und andere besondere Einzelheiten.

Kapitel 2 • Entwürfe

EINE GESCHICHTE ÜBER MICH

GEFUNDEN von Mark & Jules,

Kalamazoo, Michigan

Diese beiden Zettel haben wir im Keller eines Hauses gefunden, das wir kaufen wollten. Ich frage mich, warum die Leute wohl umgezogen sind?

MARK

Name ______________________________ Datum ______________

Wie man eine Geschichte über sich schreibt • II

Stell dir vor, diese Rechtecke wären Fotos der wichtigsten Ereignissen in deiner Geschichte. Mal ein paar grobe Skizzen. Wenn du deine Geschichte schreibst, können dir diese „Schnappschüsse" helfen, die Ereignisse zu beschreiben.

Der Schreibprozess, Schritt I: Ideen sammeln, S. 63, „Brainstorming"

ZUM GEDENKEN AN EDGAR

GEFUNDEN von Jules Cooch, Whitmore Lake, Michigan

Zum Gedenken an Edgar

Es tut mir schrecklich Leid, dass dein Chamäleon Edgar gestorben ist. Ein Haustier zu verlieren, ist immer traurig, egal wie klein oder wie alt es war. Edgar hatte Glück, dass er bei dir ein so liebevolles Zuhause hatte. Bitte lass mich wissen, wenn ich irgendetwas für dich tun kann.

Alles Liebe

Jacey

ZUM GEDENKEN AN EDGAR

Diesen Zettel habe ich in dem Gefrierschrank in unserer Garage gefunden. Ich weiss nicht wie er da hineingekommen ist. Das Mitgefühl angesichts eines so kleinen Tieres beeindruckt mich & ich wünsche es gäbe mehr so nette Leute.

J. C.

POLIZEI-FLIRTLINE

GEFUNDEN von Christopher Westcott, Los Angeles, Kalifornien

Ich kenne Sie nicht, aber Sie gefallen mir, rufen Sie mich an, meine Nummer ist 110 danke, einen schönen Tag noch.

Jimmy

PUUDEL DUUDEL GEFUNDEN von Mary Wyninger, Seattle, Washington

Puudel! Duudel!

BRUST-PRÄVENTION GEFUNDEN von E. Diane Johnson, Columbia, Missouri

In späteren Ausgaben dieses Flyers ist das Wort „Krebs" nach „Brust" eingefügt worden. E.D.J.

Oktober ist der Monat der Brust-Prävention.

****

Deshalb sponsert das Work Life Council auch in diesem Jahr wieder ambulante Mammografien.

****

ANMELDUNGEN FÜR MAMMOGRAFIEN

24., 25. & 26 September
11:30 – 1:00
im Atrium

Mammografietermine:

7. Oktober
22.Oktober
23. Oktober
4. Dezember

****

Kostenübernahme State Farm Group Insurance:

35-40 Jahre eine Erstmammografie
40 + Jahre eine Mammografie pro Kalenderjahr

Kostenübernahme Group Health Plan:

Eine Erstmammografie pro Kalenderjahr ab 35 Jahren. Teilnehmer sollten sich bei GHP nach der Kostenübernahme erkundigen, wenn sie in den letzten 12 Monaten bereits eine Mammografie hatten.

Bei Fragen wenden Sie sich bitte an:

AB 15 UHR GEÖFFNET
GEFUNDEN von Chris bei Monkfish Books, Sebago, Maine

MEINE GROSSMUTTER
FEIERT HEUTE IHREN
100. GEBURTSTAG
UND
ICH HABE EINEN
WASCHBÄREN IM BADE-
ZIMMER.
AB 15 UHR GEÖFFNET
DANKE

TALENTSCOUTS GEFUNDEN von Michael Jayme,
Riverside, Kalifornien

H.P Entertainment

Mach diesen Sommer

Jede Menge $$$$$$

H.P. Ent. veranstaltet den ersten jährlichen **LATINA Model-** Wettbewerb für L.A. und Umgebung. Wenn ihr, eure ***Schwester, Kusine oder Freundin über 18*** seid und im ***Badeanzug, Jeans, knappen Tops, &/oder Shorts*** eine gute Figur macht, lest weiter.

Kommt am **Sonntag, dem 13. Juni 2004 von 12 bis 21 Uhr** in die ***Bar-B-Q* in Cudahy,** Talentscouts von ***H.P. Entertainment*** sind unter den Gästen Essen und Getränke **UMSONST.**

****kalifornischer Ausweis ist Pflicht****

UAWG:

Tevis # 310) 366-9
E-Mail:
Brandon # 323) 485-79
E-Mail:

Freunde, Spalter und Querulanten bitte zuhause lassen
Wachpersonal ist anwesend (COPS in Zivil)

H.P

SUGERDADDY GEFUNDEN von Harry Brown, Albuquerque, New Mexico

Sugardady

Sucht Mitbewoner
Luissianna und Trubell
Nur Frauen
Keine Mite oder
Nebenkosten
Mehr INFos bei
Sugardady
7/3-26

DER ELEFANT WURDE WÜTEND

GEFUNDEN von Wendy Dorr, Brooklyn Heigths, New York, in einem Copyshop in der Court Street

Am 10. Juli 1995 besuchte ich mit meiner Familie sowie einigen Freunden und Kollegen eine Zirkusvorstellung im Forest Park in Woodhaven, New York.

Die Vorstellung war schon fast vorbei. Die Elefanten wurden in die Manege gelassen. Die Tochter meine Patentante (Sherri) und ich stellten uns auf eine Barriere(die Barrieren, die die Manege bildeten, waren zwischen 30 und 40 cm hoch und zwischen 30 und 40 Zentimeter breit), um den Einmarsch der Elefanten zu fotografieren.

Die Elefanten liefen zunächst in einem 200-Grad-Winkel und dann in einem vollkommenen 360-Grad-Kreis in die Manege ein, bis sie an mir vorbeikamen. Der dritte Elefant stieß gegen den zweiten, der zweite gegen den ersten und der erste gegen den Dompteur. Der Dompteur nahm seine Peitsche und versetzte dem ersten Elefanten einen Hieb aufs Ohr. Der Elefant brach zusammen (nur mit den Vorderbeinen und dem Kopf) und stand mit dem lautesten Brüllen wieder auf, das ich je in meinem Leben gehört habe. Es sah aus, als werde er wütend. Plötzlich rastete der Elefant aus. Er geriet völlig außer Kontrolle. Er stürmte genau auf unser Plätze zu. (Ich saß, wie gesagt, nicht auf meinem Platz sondern stand immer noch auf der (Barriere). Ich schrie sofort: »Mein Gott, die Kinder.« Ich wollte zu ihnen rennen, blieb aber wie angewurzelt stehen, weil der Elefant genau dorthin lief. Der Elefant stieß die Barrieren um, und eine davon traf ein Mädchen, das mit seinem Baby davonrennen wollte, und brachte sie zu Fall. Zu diesem Zeitpunkt saß niemand mehr auf seinem Sitz. Alle versuchten, zum anderen Ende des Zelts zu gelangen. Sie hatten keine Wahl, der Elefant hätte sie sonst zerquetscht.

Ich danke Gott bis zum heutigen Tag, dass ich aufstand, um Fotos zu machen. Der Elefant hätte mich sicher niedergetrampelt, weil ich unter einer Rückenverletzung litt, mit der ich kaum laufen geschweige denn rennen konnte.

Ich sah, wie eine der Barrieren eine Frau traf, die versuchte, ihr 6 bis 8 Monate altes Baby in Sicherheit zu bringen, und die Leute trampelten einfach über sie und das unter ihr liegende Baby hinweg. Währenddessen stürmte der Elefant noch immer in dieselbe Richtung.

Ich sah, wie meine Patentante (Odelia) versuchte, mit ihrem Gehstock so schnell wie möglich zum Ausgang zu humpeln. Meine Tochter sah, dass ihre Großmutter Schwierigkeiten hatte, und blieb stehen, um ihr zu helfen. Ich hörte, wie sie »Beeil dich, Grandma« rief und ihre Großmutter bei der Hand nahm. Plötzlich stürzte meine Patentante. Alle rannten, drängelten und schoben zum anderen Ende des Zeltes. Sie konnten nicht anders. Der Elefant wütete noch immer.

Die Tierpfleger versuchten verzweifelt, ihn zu beruhigen und davon abzuhalten, die Menschen zu attackieren, aber ohne Erfolg.

Die Plätze auf denen wir saßen, ungefähr 12 Reihen waren jetzt aber sogar

HILFE!

Ich muss dringend die junge Frau sprechen, die so ähnlich aussieht wie auf diesem Bild!

Sie und ihr Freund wollten in der letzten Juniwoche eine Einzimmerwohnung in meinem Haus mieten, ich glaube, die beiden sind Studenten der Uni von Toronto bzw. Ryerson. Sie sagte, sie müsse umziehen, weil ihre Mutter, die Hausverwalterin in einem Wohnhaus war, sich eine neue Stelle suchen muss.

Mein Haus steht in der Nähe der Queen St.W. & Elizabeth St.

(Die Wohnung befindet sich im 2. Stock, hat einen Balkon, und einen großen Garten, ich hatte sie bei www.Viewit.ca inseriert)

Falls sie noch an der Wohnung interessiert sind, sie brauchen die erste und die letzte Monatsmiete nicht zu bezahlen, & die ERSTEN 5 MONATE sind MIETFREI, danach würde ich nur $ 500 pro Monat von ihnen verlangen.

Meine Telefonnummer ist:
(416)385-48

Ich vermiete nur an die beiden, und wenn die junge Frau und ihr Freund sich nicht bei mir melden, bleibt die Wohnung leer.

VERZWEIFELTER VERMIETER

GEFUNDEN von John Weidz, Toronto, Ontario

Bei einem Abendspaziergang bemerkten meine Freundin und ich, dass überall diese Plakate hingen. Welche Geschichte wohl dahintersteckt? Wir konnten uns keinen Reim darauf machen. J. W.

Liebe Mrs. Dionne,
das mit Ihrem Mann tut mir unendlich Leid. Ich möchte, dass Sie wissen, dass es nicht meine Schuld war. Ich habe den Drachenwurz dagelassen, aber das meiste haben Nick Trenkle und Dom Walbridge getan. Andy ist ein toller Photograph. Ich habe Sie vor Gericht gesehen, und ich hätte mich so schrecklich gern mit Ihnen unterhalten. Um Ihnen zu sagen, wie furchtbar Leid mir das alles getan hat. Und immer noch tut. Es tut mir unendlich Leid.

Aufrichtigst,

Mike McAfee

DRACHENWURZ

GEFUNDEN von David O'Gorman,

Gainesville, Florida

Als Gulliver in ein Haus bei Manchester in New Hampshire – Heimatstadt von Adam Sandler – zog, entdeckte er eine Schublade voller Briefe an den Filmstar. War der Star aus *Billy Madison*, *Big Daddy* und *Happy Gilmore* etwa der Vormieter gewesen? Es stellte sich heraus, dass es sich um einen andereren Adam Sandler handelte, der jahrelang Fanpost bekommen hatte. Ich finde diese offenherzigen, hoffnungsvollen oder auch plumpen Briefe seltsam bewegend.

DAVY

LIEBER ADAM SANDLER

GEFUNDEN von Gulliver Gold, Nashua, New Hampshire

Kevin Saywer
7245 Newport St.
Carpentersville, IL
60110

PM 14 APR 2004

MR. ADAM Sandler
5420 Worster Ave
VN, CA. 91401

91401+5431

Lieber Adam Sandler,
ich bin einer Deiner größten
Fans. Ich schreibe Dir, weil wir
gerade ein Schulprojekt machen. Wir
schreiben Briefe an Leute und bitten
sie um Hilfe. Hast Du schon mal
einen Socken verloren? Wir glauben,
das passiert jedem, und fragen uns,
was wohl aus denen wird! Wenn Du
eine Socke verloren hast, bitte
schick mir die andere. Wir wollen
nämlich mit unserem Projekt den
Obdachlosen in unserer Gegend
helfen, weil die ja auch Socken
brauchen. Bitte tu einen Viertel-
dollar oder vielleicht einen ganzen
hinein.

Ich hoffe, Du schickst uns
eine Socke mit Geld für die
Obdachlosen und vielleicht noch
ein Foto mit Autogramm für mich.
Ich würde mich sehr darüber freuen.
Von Deinem größten Fan.

Kevin

Hi Adam,
alles klar?? Ich bin ein Riesenfan von dir.
Außerdem steh ich auf Mel Brooks. Ich bin übrigens
ein Jude, falls es dich interessiert. Ich bin 14
und komme aus Knoxville, Indiana. Ich mag
Hockey, Detektivgeschichten (Sherlok Holmes und so)
(daraus solltest du mal 'nen Film machen), Boxen,
Kommödien, und Mädels natürlich. Du weißt schon,
so knackige braungebrannte. Ach ja, grüß deine Frau
von mir. Wenn du irgendnen treffen könntest, egal wen,
wer wäre das? Ich würde sagen, Moses + Godzilla. Schick
mir eine E-mail an xxxxxxx@msn.com. Was machst
du denn so in deiner Freizeit? Ich mein so im richtigen
Leben. Ich würde gerne mal was mit dir unternehmen
Anbei ein Bild von mir und einen Aufsatz, den ich in der
Schule geschrieben hab (gefällt dir bestimmt). Dann
bis demnächst.

Tschö

Dein Freund,
Mike Eckstein

NUR FREUNDE

GEFUNDEN von Jen Devoe,
Brooklyn, New York

Ich frage mich, ob Delane den zarten Hinweis verstanden hat, dass Julia nur mit ihm befreundet sein möchte. J.D.

Lieber Delane 21. Oktober 2003

du und ich sind nur Freunde. Ich möchte, dass es so bleibt. Ich mag dich, aber nur als Freund. Ich wäre froh, wenn das unsere Beziehung – unsere Freundschaft – nicht beeinträchtigt.

Es hat nichts damit zu tun dass du schwarz bist. Es ist auch nicht, weil du nicht gut genug aussiehst, – wir sind einfach nur Freunde. Mehr nicht.

Du kannst nicht mein Freund sein, weil ich mich nicht so zu dir hingezogen fühle wie du dich zu mir. Um ehrlich zu sein möchte ich, dass wir nur Freunde sind, und nicht mehr. Es ist deine Entscheidung, ob du weiter mein Freund sein willst oder nicht.

Julia

WENN DU KOMMST, MACHE ICH ES WIEDER WETT

GEFUNDEN von Nina Vlanin,

San Francisco, Kalifornien

Mittwochabend

Mein Liebling!

Da wären wir nun, wir sind so gegen 3 Uhr angekommen, haben unsere Betten gemacht und hatten ein paar Drinks (aber kein Wort zu Helen), usw.

Alles läuft vorzüglich bis jetzt, und Al und ich hatten eine interessante Unterhaltung. Ich schreibe dir später noch, worüber.

Gegen 5 Uhr sind wir in den Kaufladen gegangen und haben uns Vorräte besorgt, und zum Abendessen hatten wir einen Berg Steaks mit Kartoffeln und Zwiebeln. Al hat das Essen zubereitet, er ist ein vorzüglicher Koch. Dann sind wir nach oben gegangen und haben uns Cecil und Sally angehört. Du warst vorzüglich, Liebling, ich war sehr stolz auf dich – und, übrigens, All hat gemeint, Dan habe dich nur aufziehen wollen, als er Dir heute morgen sagte, Du seist miserabel gewesen. Al behauptete, Dan habe sich den Sketch ~~war~~ wahrscheinlich nicht einmal angehört.

Und jetzt zu einem Thema, wegen dem Al. mir ins Gewissen geredet hat. Ob Du und ich miteinander schlafen sollen. Er ~~hat~~ empfiehlt es

Ich fand diesen Brief von 1932 vor vielen Jahren in einem Müllcontainer und behielt ihn als Andenken. Er erzählt von friedlichen, längst vergangenen Zeiten, auch wenn die Stimmung ausgelassen, fast übermütig ist. Greta Gahler war damals ein halbwegs bekannter Radiostar.

N. V.

wärmstens und sagt, Helen sei auch der
Meinung, wir sollten es tun, ob verheiratet
oder nicht. – Wir sprechen darüber, wenn Du
kommst. Aber sag Helen nichts davon, daß
ich es dir gesagt habe. Du kannst sie ja
ein bißchen über das Thema aushorchen.

Ich hoffe, du kannst meine Schrift lesen.
Von Hand zu schreiben, ist sehr mühsam.
Dementsprechend wird dies ein kurzer Brief.
Aber glaube mir, wenn du kommst, mache
ich es wieder wett. Und auch, wenn dies
kein besonders heißer Brief ist, wenn ich
heute Abend ins Bett gehe, mache ich mir
ein paar warme Gedanken über dich. Ich
liebe dich wirklich, mein Engel, und bete,
daß auch du mich immer lieb behälst. Sei
fein brav, und denk so oft an mich wie ich
an dich. Gute Nacht, Liebling.

x Ralph

VATERTAG

GEFUNDEN von Danny,

Delton, Wisconsin

Alles Liebe
zum Vatertag, auch wenn
du gesagt hast, ich kann
nicht Kochen und
mein Kuchen schmeckt
scheußlich

MUTTERTAG

GEFUNDEN von Kate James,

Davis, Kalifornien

Alles Gute zum
Muttertag! Und ich
hoffe, wir fahren
bald nach Indien!!
GUCK DIR DAS
GESCHENKPAPIER
AN! HAB
DICH LIEB!!

DAS COOLSTE, WAS ICH JE ERLEBT HABE

GEFUNDEN von Maurice Reeder, San Pedro Sula, Honduras

Ich fuhr in einem Bus durch die Randgebiete der Stadt, als der Mann auf dem Foto einstieg. Ich saß ziemlich weit vorne, aber mein Spanisch lässt zu wünschen übrig, deshalb konnte ich der Unterhaltung zwischen ihm und dem Fahrer nicht folgen. Sie gerieten in Streit, vielleicht über den Preis der Fahrkarte oder so. Es wurde schnell brenzlig, und plötzlich zog der Typ auf dem Bild eine lange Machete aus dem Gürtel und fuchtelte drohend damit herum. Dann schnappte sich der Busfahrer eine riesige Bullenpeitsche, drehte sich zu dem Mann mit der Machete um und schlug ihm mit einem lauten Knall die Machete aus der Hand, und *das alles während er weiter den Bus lenkte!*

Schließlich hielt der Busfahrer an; es gab ein kurzes Handgemenge, dann gingen beide zu Boden, und schließlich hob der Mann die Machete auf und floh aus dem Bus. Der Fahrer klopfte sich den Staub von den Sachen, setzte sich wieder hinters Steuer, ohne dass einer der anderen Passagiere groß Notiz von dem Zwischenfall genommen hätte, und ich fragte mich, ob sowas am Ende öfter vorkommt. Mir fiel auf, dass dem Mann mit der Machete ein paar Zettel und Bilder aus der Tasche gefallen waren, die im Gang verstreut lagen, – und ich behielt dieses kleine Passfoto zur Erinnerung an das Coolste, was ich je erlebt habe.

M.R.

AUSSPANNEN

GEFUNDEN von Paula Hatfield, Francisco, Kalifornien

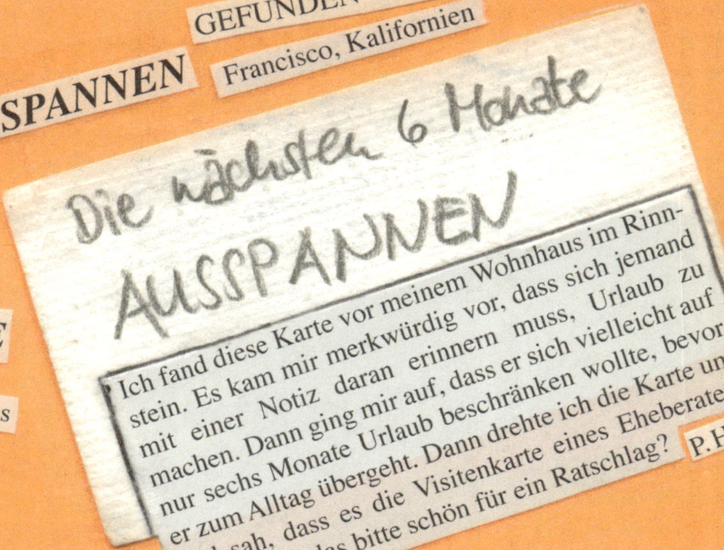

Ich fand diese Karte vor meinem Wohnhaus im Rinnstein. Es kam mir merkwürdig vor, dass sich jemand mit einer Notiz daran erinnern muss, Urlaub zu machen. Dann ging mir auf, dass er sich vielleicht auf nur sechs Monate Urlaub beschränken wollte, bevor er zum Alltag übergeht. Dann drehte ich die Karte um und sah, dass es die Visitenkarte eines Eheberaters ist. Was ist das bitte schön für ein Ratschlag? P.H.

DIE KANTE

GEFUNDEN von Sue Eggen, Pittsburgh, Pennsylvania

MR. PERFECT

GEFUNDEN von Jerry Riddle,

Denver, Colorado

Dies fand ich auf einem Kopierer. Erstaunlich, dass die Liste tatsächlich 291 Punkte hat! J.R.

257) Liebt mich im Auto

258) altmodisch, auf der Suche nach einer festen Beziehung

259) fühlt sich stark zu mir hingezogen, durch den Klang meiner Stimme, den Duft meines Parfums, die Berührung meiner Haut, wenn unsere Hände sich streifen.

260) muss geduldig, verständnisvoll und gelassen sein

261) Es ist ihm egal, wie lange es dauert, mich zur sexuellen Extase zu bringen, weil es ihn anmacht

262) loyaler, liebevoller Partner, jemand, der Sicherheit zu schätzen weiß

263) Glaubt daran, dass die besten Beziehungen am Anfang zwar mehr Arbeit sind, aber im Laufe der Jahre immer besser werden

264) Jemand der unabhängig ist, aber nicht so sehr, dass er fremdgeht

265) Sanfte, liebevolle, ehrliche Seele, glaubt an die Ehe und die Familie an dauerhafte Beziehungen und daran, gemeinsam alt zu werden

279) Hat kein Peter-Pan-Syndrom
280) Weiß was er will
281) Fängt keine Beziehung mit jemandem an, wenn er weiß, dass sie sowieso nicht hält
282) Mag Herausforderungen
283) Kein Stubenhocker
284) Liebevoller Vater, Onkel etc.
285) Liest mir jeden Wunsch von den Augen ab
286) Bringt mich zum Lachen, wenn ich traurig bin
287) Stürzt sich nicht Hals über Kopf in eine Beziehung, ohne an morgen zu denken
288) Spürt was ich denke
289) kein Egoist im Bett
290) Nimmt seine Verpflichtungen ernst
291) Verabscheut den Gedanken an Trennung
292) und Scheidung

Ryan, das habe ich
für dich gemacht, wie vor langer Zeit versprochen,
ich wette, du hättest nicht gedacht, dass ich
an der Akademie für sowas Zeit habe.
Tja, jetzt weißt du's. Das mit deinem Truck
tut mir Leid, ehrlich. Ich war einfach so
verletzt, ich hätte wirklich nicht gedacht,
dass du mir deine andere Beziehung ver-
heimlichst. Sorry, dass ich dein Leben durch-
einander gebracht habe, du wirst mir sehr
fehlen. Es war eine geile Zeit!

Daria

VERBRECHEN AUS LEIDENSCHAFT

GEFUNDEN von R.J. Sidwell,

Champaign, Illinois

Illustration von Rama Hughes

EINKAUFSZETTEL

Obst
Fisch
Waffeln
Putenfleisch
Thunfisch(?)
Shampoo
Klopapier
Milch
O-Saft

Brot
Cornflakes (2?)
Pudding
Tiefkühlgemüse
Nudelsalat
Rosinen
Mandeln.
Joghurt
Saft

→ **vorne**

Jackie: Du hast keine Wahl
Er will dich nicht!
Er liebt dich nicht!
Er will dich bloß flachlegen!
Halte dich von ihm fern!
Ruf ihn nicht an.
Schick ihm keine Mails.
Lass ihn zappeln.
Lass ihn los!!

hinten

DU HAST KEINE WAHL
GEFUNDEN von Steven Lester, Brighton, Massachusetts

Kakerlakenspray
Batterien
Wassermellone

GEFUNDEN von Todd Mohney, Chicago, Illinois

Die Art, wie diese drei Sachen miteinander harmonieren, hat fast etwas Poetisches. T.M.

Hamburger
Brot
~~Mineralw~~
Rennie

GEFUNDEN von Matt Summers, Washington, D.C.

Diese Liste könnte man auch chronologisch verstehen. M.S.

Möhren
Pfeffer
Äpfel
Pflanzkartoffeln – rot.
Broccoli

Sicherheitsgurte Wohnmobil
Automagazin
Auspuff

GEFUNDEN von Jennifer Tiberio, Petersborough, Ontario

Sieht aus wie eine Einkaufsliste für Sie und Ihn. J.T.

lieber Weihnachtsmann,

vielleicht bin ich dieses Jahr mal unartig, dann brauchst Du nicht extra herzukommen. Falls du doch kommst, habe ich einen Wunschzettel parat. Ich finde Dich übigens nicht fett. Schliesslich hab ich Austin Powers gesehen. Soll ich Dir nächstes Jahr Käse hinstellen? Das Mädchen in der Werbung hat es gemacht, und sie hat ein auto gekriegt. Ein tolles Auto. Ich habe zwar noch keinen Füherschein, aber was soll's. Danke für alles, was du mir gebracht hast. Du hast bestümmt jede Menge Kohle. gibst Du mir was davon ab? Danke.

Dein Freund

Howie Toety

Lieber Weihnachtsmann,

Ich war dieses Jahr ein braver Junge. Ich helfe meiner Mama viel. Ich wünsche mir eine Xbox mit zwei Controllern und ein Spiel mit ganz viel Action. Es heißt Sega Sports für Xbox.

Danke Weihnachtsmann
Viele Grüße

Justin Young
112 SHOREVIEW #1A
GIBRALTAR, MI 48137

PS: Gott segne Amerika

Zeichnung, GEFUNDEN von Albert Stern, Seattle, Washington

LIEBER WEIHNACHTSMANN

New York

GEFUNDEN von Megan Reed

Ich fand einen ganzen Ordner mit Briefen an den Weihnachtsmann hinter einem alten Schreibtisch in meinem Büro. Ich hoffe, die meisten Wünsche haben sich am Ende erfüllt.

M.R.

16. November 2001
2605 Quinn St.
Sunnyside N.Y. 11104
Long Island City

Lieber Weihnachtsmann,

hallo, wie geht es dir? Du bist bestimmt sehr beschäftigt mit all den Wunschzetteln und Geschenken, Stimmts. Einige Kinder bei mir in der Schule sagen, es gibt dich gar nicht. Aber ich sage ihnen immer, klar gibt's den Weihnachtsmann. Ist mir gleich was die sagen, ich weiß, es gibt dich. An Heiligabend kommst du mit deinen Renntieren durch den Schornstein.

Entschuldige wenn ich was falsch geschrieben habe. Lieber Weihnachtsmann, hast du alle Kinder lieb oder nur die braven? Ein paar Freundinnen von mir meinen, du magst nur brave Kinder. Aber das ist mir gleich. Ich bin halt manchmal böse und manchmal lieb. Was am 11. Sept. passiert ist, war ganz schlimm, ich hatte große Angst. Viele unschuldige Leute sind gestorben. Und viele arme Kinder haben ihre Familien rerloren. Das macht mich traurig.

Lieber Weihnachtsmann, dieses Jahr wünsche ich mir eine sprechende Boo-Puppe aus Monster AG. Boo gefällt mir gut, sie ist so süß. Und dann, bringst du mir noch drei Hosen Größe XXL. Kann ich sie in Schwarz, grau und weiß haben. Ich brauche welche, ich hab nur drei Hosen. Bitte bring mir die Sachen, lieber Weihnachtsmann. Wenn niemand da ist, bring die Geschenke bitte bei Mamis Arbeit vorbei: 900 Phoenix av. N.Y. 11104 L.I.C.

Viele Grüße,
Teresa King

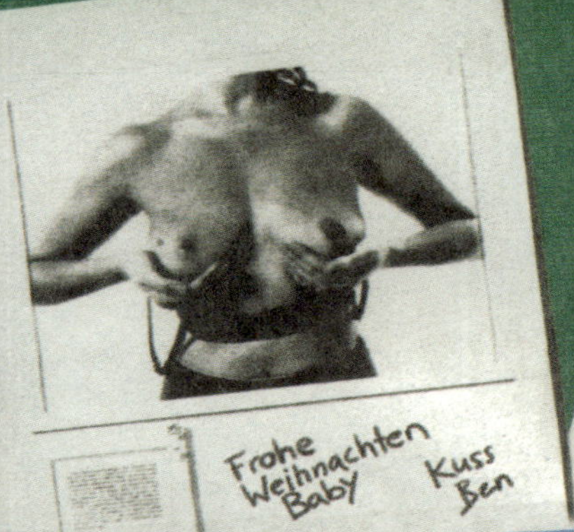

SÜSSER DIE GLOCKEN NIE KLINGEN

GEFUNDEN von Melissa Schaefer, San Francisco, Kalifornien

Ich fand diese Weihnachtskarte in dem Schuhkarton der Turnschuhe, die ich in einem Puma-Geschäft anprobieren wollte. Anscheinend hat jemand sein Geschenk umgetauscht, ohne das Beste vorher herauszunehmen.

M.S.

Foto, GEFUNDEN von Catherine McGivney, Chapel Hill, North Carolina

Lieber Weihnachtsmann
meine Mama hilft mir bei
dem Brief, weil ich noch
nicht richtig schreiben kann.
Ich war dieses Jahr nicht
immer lieb ~~aber~~ das wollte
ich dir noch sagen. Nächstes
Jahr strenge ich mich mehr
an mit dem Liebsein.
Ich hoffe du bringst
mir Geschenke, obwohl

ich nicht immer
lieb war.
~~Ich hoffe du bringst~~
Mami sagt, ich darf
mir ein paar
Sachen wünschen,
auch wenn ich nicht
alles kriege.

Kann ich bitte eine
Prinzessinnen-Barbie,
eine Beach-Barbie, eine
Barbie-Registrierkasse,
ein Barbie-Radio und ein
Barbie-Telefon haben.
Außerdem noch neue
Anziehsachen und
Schlafanzüge.
ICH HAB DICH LIEB
Sarah

LIEBER WEIHNACHTSMANN

GEFUNDEN von Megan Reed,

New York

Lieber Weihnachtsmann,

hi ich heiße Eryk Berry und bin
zehn Jahre alt. Ich hab dich sehr lieb,
Weihnachtsmann, und ich hoffe, ich sehe
dich dies Jahr. Lieber Weihnachtsmann,
meine Mama hat kein Geld für
Spielsachen. Bitte komm am Heiligabend.
Ich hätte so gerne Spielsachen zu
Weihnachten. Bitte bring mir diese
~~Sachen~~ Spielsachen.

1- Star Wars Action Figur
2- Mystik Quest
3- Gameboy

Eryk

WEIHNACHTSLAND

GEFUNDEN von Stacey Hunter & Ian Crawford,
Glasgow, Scotland

ML 75 RZ
8. 12. 02

Sehr geehrte Damen und Herren, ich schreibe, um Ihnen mitzuteilen, dass Ihr Weihnachtsland der letzte Schrott ist. Es ist unglaublich teuer und sein Geld nicht wert. Mein Sohn musste insgesamt £ 80 berappen, damit seine Familie den Weihnachtsmann besuchen kann. Er hätte besser in ein Weihnachtsstück gehen sollen, das wäre billiger gewesen. Und seit wann hat der Weihnachtsmann Turnschuhe an? Ich dachte immer, er trägt schwarze Stiefel. Außerdem hat er seinen Job nicht besonders gut gemacht, er hat immer 4 Kinder auf einmal zu sich geholt, sonst kommen sie immer einzeln dran. Und bei den gepfefferten Preisen hätten die Geschenke auch besser ausfallen können. Was soll ein kleines 7jähriges Mädchen mit einer Packung Glitzersteine zum Aufkleben? Oder ein 11-jähriger Junge mit einem schäbigen Papp-Flugzeug? Solchen Mist können sie sich jederzeit im Kiosk um die Ecke kaufen. Eine kleine Wundertüte wäre nett gewesen. Das ganze war doch nur ein Werbetrick, Sie waren bloß darauf aus, in Ihrem Kaufhaus noch mehr teures Spielzeug zu verkaufen. Ich kann nur sagen, auf dem Schulfest hatten die Kinder mehr Spaß! Da haben die Hamburger auch nicht £ 3 gekostet. Überhaupt, was machen Sie mit dem ganzen Geld, das Sie eingenommen haben? Meine Familie und viele andere kommen im nächsten Jahr garantiert nicht wieder, ihr Weihnachtsland ist ein einziger Beschiss. Die Leute sollten ihr Geld zurückverlangen.

Karen M. Cooper

AUFSTAND

GEFUNDEN von Kirsty,
Portland, Oregon

Lieber Weihnachtsmann,

Sparen wir uns das Harmoniegesülze, und ich entlarve dich gleich als das männliche Pin-up, das von vielen Konzernen auf den Strich geschickt wird, damit ihre Verkaufszahlen am Heiligabend einen Höhepunkt erreichen. Wie viele deiner Anhänger bemerken noch in ihrem Konsumrausch, den sie als „Weihnachtsstimmung" bezeichnen, dass dein Mantel rot ist vom Blut der Kinder, die das ganze Jahr ohne den Luxus von Feiertagen in Tretmühlen auf der ganzen Welt schuften, um überflüssigen Tand für die fettleibige Nachkommenschaft der Wohlstandsgesellschaft herzustellen, der schon am nächsten Tag in der Ecke liegt?

Zuerst habe ich mir gewünscht, dass dein fetter Körper bei dem obligatorischen Truppenbesuch im Irak vom Friendly Fire gegrillt wird. Dann ging mir auf, dass dabei unschuldige Rentiere ums Leben gekommen wären, und die westliche Propagandamaschinerie hätte das bestimmt den nicht-christlichen Aufständischen in die Schuhe geschoben.

Ich stelle mir lieber vor, während du wieder die Menschheit auf deiner Weltreise in Angst und Schrecken versetzt, proben deine Elfensklaven den Aufstand und zerstören mit ihren kleinen Hämmern die Maschinen, an denen sie für Minimallöhne schuften, die in dem öden Arbeitslager am Nordpol kaum zum Überleben reichen. Ich möchte die Flammen am Himmel tanzen sehen wie Nordlichter, wenn sie deine Fabriken niederbrennen und auf deine Rückkehr warten, um die geknechteten Rentiere zu befreien. Aber statt dich gleich auf der Schwelle deiner Polar-Plantage auszunehmen wie eine

Weihnachtsgans ... wünsche ich mir, dass sie dich mit Stechpalmzweigen halbtot prügeln. Dass sie dir die Augen verbinden, dich unter Drogen setzen, dir eine Pampers für Erwachsene anziehen und dich in ein Land fliegen, das du und deine kapitalistischen Spießgesellen mit eurem militantem Neokolonialismus zerstört habt. Dass sie dich zwingen, in einer ungesicherten Fabrik zu schuften, zusammen mit den Kindern, die nicht ins Einkaufszentrum gehen, sich auf deinen perversen Schoß setzen und dich um ein besseres Leben anflehen können. Und wenn dein 12-Stunden-Tag vorbei ist, sollen sie dich als die Hure verkleiden, die du bist, damit du von ein paar reichen Abendländern vergewaltigt, beleidigt und gedemütigt wirst und dich so fühlst, wie ich jedes Mal, wenn ich um diese Jahreszeit mit deinem allgegenwärtigen Bild malträtiert werde.

Foto, GEFUNDEN von Saint Marko, Alameda, Kalifornien

NICHT ALLE AUF EINMAL EINTRAGEN

GEFUNDEN von Case Lettinga,
Grand Rapids, Michigan

45 +

VOLLEYBALL FÜR ALTHIPPIES!
15 UHR DO SANDPLATZ

1
2
3
4
5
6
7
8
9
10
11
12
13
14
15
16

JA, ICH SUCH WAS RAFFINIERTES FÜR MEINEN AGENTEN, IRGENDWAS SUBTILES UND ZUGLEICH KRASSES, DAS SAGT, HE, MERK DIR MEIN GESICHT... DU SACK.

WAS RAFFINIERTES

GEFUNDEN von Brian McCloskey,
Venice, Kalifornien

Als ich den persönlichen Besitz meines verstorbenen Vaters durchsah, stieß ich auf dieses Foto. Auf der Rückseite stehen eine Adresse in Los Angeles und das Datum »Juli 1975«, das der Scheidung meiner Eltern vorausging.

Zuerst hielt ich es für einen Schnappschuss von einer entfernten Verwandten und zeigte es meiner Mom. Sie meinte, es könne die Sekretärin sein, mit der mein Vater eine Affäre hatte. Eine Affäre?! Über die Scheidung gibt es verschiedene Geschichten, deshalb bohrte ich nicht weiter nach.

Trotzdem, eigentlich war mein Vater nicht der Typ für eine Affäre, er legte zuviel Wert auf Pflichterfüllung, Familie und Verantwortung, aber das waren immerhin die wilden Siebziger in Kalifornien!

Ich stelle mir gern vor, wie dieses groovy 70er-Jahre-Babe zu meinem Dad sagt: »Entspann dich, Ed, und genieß die Fahrt.«

kara

Foto, GEFUNDEN von Kara Barton,
Los Angeles, Kalifornien

BUS ODER BIER

GEFUNDEN
von Steve Heiug,
San Francisco, Kalifornien

GEH ICH BIER HOLEN
VERPASSE ICH DEN BUS HEIM
UND MUSS LAUFEN. ABER SO WEIT
NEHM ICH DEN BUS
KANN ICH KEIN BIER HOLEN.
KEIN BIER NACH 2:00, KEIN BIER...
BUS ODER BIER
BUS ODER BIER...
ICH LAUFE, ICH LAUFE
ICH LAUFE, DAS BIER IN DER HAND,
PRESSE ES, NOCH UNGEÖFFNET,
AN MEIN HERZ. ICH LAUFE –
IST'S MÖGLICH. JA! JA!
DER BUS! NIE WAR ICH SO FROH...
...ÜBER EINEN VERSPÄTETEN BUS!

Illustration von Sarah Locke

DAS MÄDCHEN AN DER KASSE

GEFUNDEN von Jacqueline Wood,

Cincinnati, Ohio

Ich sitze gern hier an der Kasse, man kriegt einen guten Eindruck von der Welt und wird geduldig. All die Menschen, die vorbeigehen. All die Gesichter, Persönlichkeiten und Namen. Einige fallen einem direkt ins Auge, andere vergisst man sofort wieder. Das Leben einer Kassiererin. Fast wie das eines Managers, na ja – nicht ganz so krass. Die Wirklichkeit ist jedenfalls interessanter als jeder Roman. Es ist interessant, wenn Leute ausrasten. Einige haben Verständnis, andere weniger. Man fragt sich, wie sie wohl sonst so drauf sind.

was an dem Tag vorgefallen ist, das sie so ausflippen, was sie wohl denken ... wie sie sich woanders benehmen, darüber kann man die tollsten Geschichten erfinden, man kann sich ausmalen, was man will, das gefällt mir.

Irgendwann setz ich mich mal hin und bringe all die Geschichten in meinem Kopf zu Papier (das [redacted] kann dauern)
grins

DER MANN HINTER DER KASSE

GEFUNDEN von Laura Komai,

Madison, Wisconsin

An die Geschäftsleitung –
Viele Kunden haben nach dem Foto des „Schnucken" jungen Mannes gefragt, das bis vor kurzem die Wand hinter der Kasse [redacted] geziert hat.
Wir wissen nicht, was wir darauf erwidern sollen, und können nur bekümmert feststellen, daß wir selbst gern wüssten, was aus diesem kleinen Lichtblick geworden ist.

– Die Belegschaft

Zeichnung, GEFUNDEN von Liz, Ann Arbor, Michigan

GOTT SEI DANK!!!

GEFUNDEN von Miriam Denmark,

Boulder, Colorado

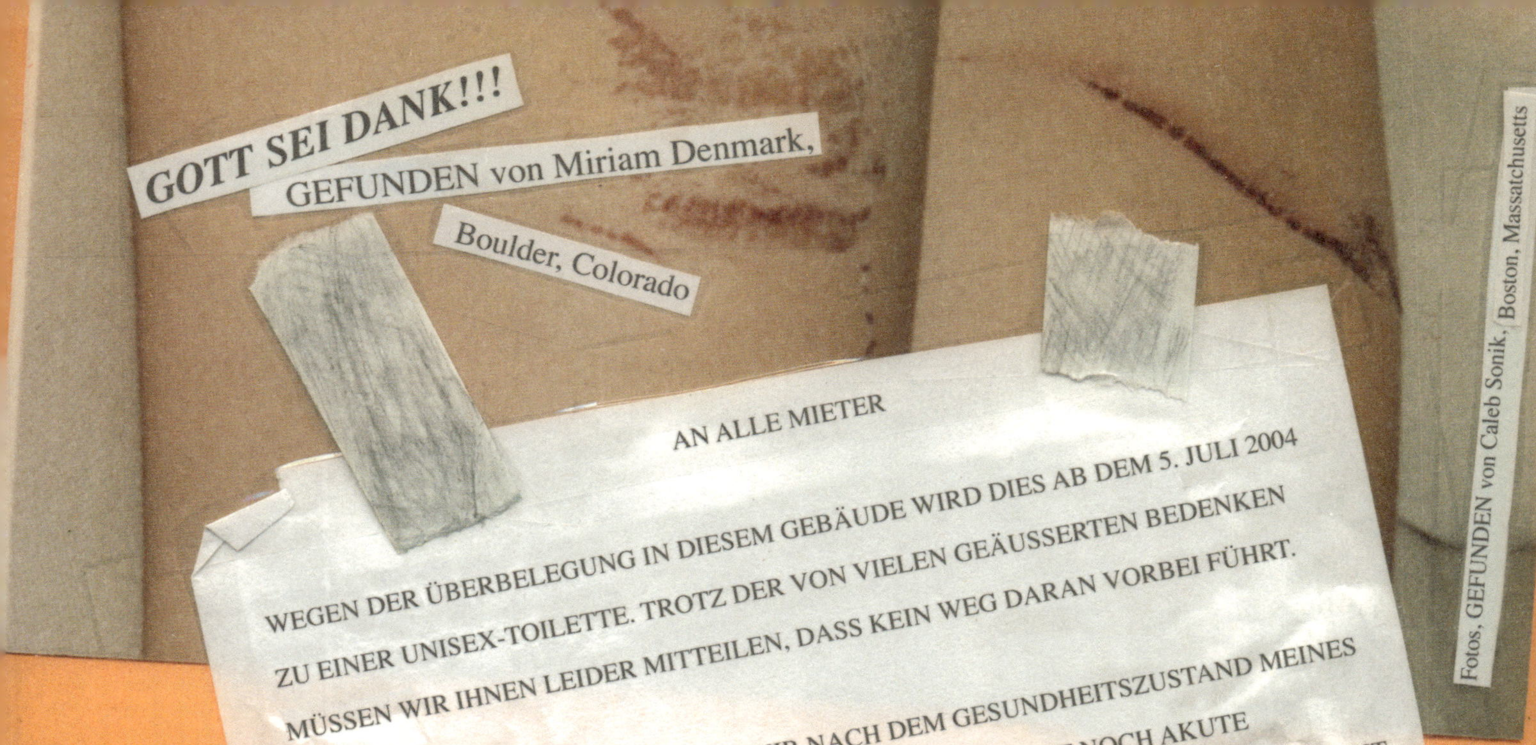

AN ALLE MIETER

WEGEN DER ÜBERBELEGUNG IN DIESEM GEBÄUDE WIRD DIES AB DEM 5. JULI 2004 ZU EINER UNISEX-TOILETTE. TROTZ DER VON VIELEN GEÄUSSERTEN BEDENKEN MÜSSEN WIR IHNEN LEIDER MITTEILEN, DASS KEIN WEG DARAN VORBEI FÜHRT.

VIELE VON IHNEN HABEN SICH BEI MIR NACH DEM GESUNDHEITSZUSTAND MEINES VORGÄNGERS, SAM GOODBAR, ERKUNDIGT. ZWAR BESTEHT NOCH AKUTE ANSTECKUNGSGEFAHR, ABER ER IST AUF DEM WEGE DER BESSERUNG UND SPRICHT GUT AUF DIE BEHANDLUNG AN. SEINE EITRIGEN, NÄSSENDEN ABSZESSE SIND VOLLSTÄNDIG ABGEHEILT (GOTT SEI DANK!!!).

BIS ZU SAMS RÜCKKEHR KÜMMERE ICH MICH UM ALL IHRE BELANGE.

VIELEN DANK FÜR IHR VERSTÄNDNIS!!!

MIT FREUNDLICHEN GRÜSSEN,

MAX

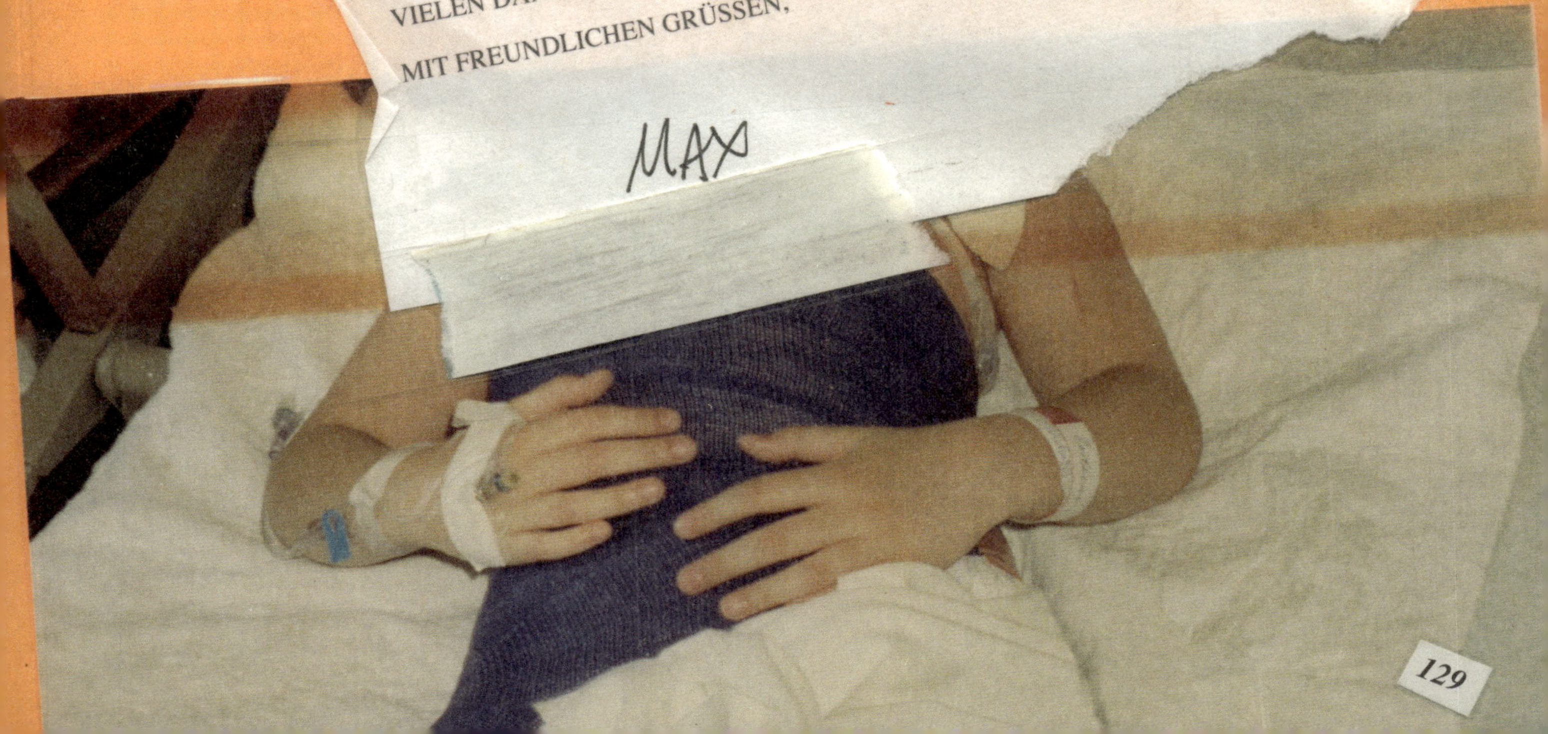

Fotos, GEFUNDEN von Caleb Sonik, Boston, Massachusetts

VERSPÄTETE DANKBARKEIT

GEFUNDEN von Phil Hassett, Boston, Massachusetts

Liebe Eltern,
ich habe den Wunsch euch irgendwie zu danken. Allerdings, weiß ich nicht wie, deshalb behalte ich diesen Brief bis es mir einfällt.

Ich fand diese Notiz in einem Wahlkampfprospekt von Lyndon LaRouche im Besucherraum eines Theologieseminars, vermutlich ein Überbleibsel des Parteikonvents der Demokraten. Ich hoffe, der Schreiber hat am Ende einen Weg gefunden, sich zu bedanken! P. H.

Foto, GEFUNDEN von Terry Greer, Lakewood, Ohio

Wir bringen Mikey gerade bei, sich selbst anzuziehen. Es wäre schön, wenn du das auch hinkriegen könntest.
Danke,
Debbie

Colors Prinitng & Graphics

MIKEY

GEFUNDEN von Molly Eyres, Carmichael, Kalifornien

Zeichnung, GEFUNDEN von Mike Smith, Las Cruces, New Mexico

ZUM MITNEHMEN

GEFUNDEN von Lo Daniels

im Paralympics-Dorf

in Athen, Griechenland

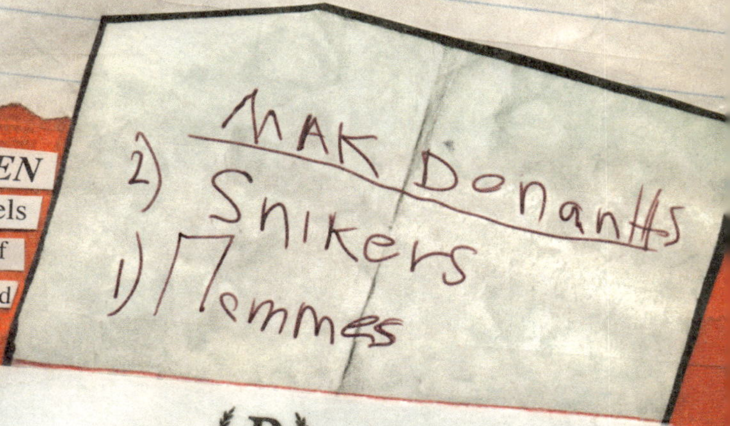

LEICHENSCHMAUS

GEFUNDEN von Mary Marks,

Los Angeles, Kalifornien

EIN BEGRÄBNIS ZUM BÜFFET

GEFUNDEN von Angelia Pitman, Birmingham, Alabama

P

Kurlander Beerdigungsinstitut
22563 Howard Drive 89 South
Enterprise Alabama 36330

AKTIONSWOCHEN BEI KURLANDER BESUCHEN SIE UNS VOM 26. Juni – 17. Juli 1993

Besuchen Sie das KURLANDER BEERDIGUNGSINSTITUT und GEWINNEN Sie einen NEUEN WAGEN oder TRANSPORTER. Zusätzlich erhalten Sie von uns **GRATIS** einen **BÜFFETGUTSCHEIN** für zwei Personen, wenn Sie sich von uns beraten lassen. **DIESES ANGEBOT IST ABSOLUT KOSTENLOS.** Schauen Sie bei uns herein und lassen Sie sich über die **VORTEILE** frühzeitig getroffener Begräbnisvorkehrungen informieren.

Als **BONUS** erhalten Sie bis zum 17. Juli einen Rabatt von **$200,00** auf eine traditionelle Trauerfeier. Die emotionale und die finanzielle Belastung bei einem Trauerfall können erheblich gemindert werden, wenn man rechtzeitig Vorkehrungen trifft.

IHRE MEINUNG UND KRITIK SIND UNS WICHTIG und WIR LADEN SIE EIN, UNSER PREIS-LEISTUNGS-VERHÄLTNIS ZU TESTEN. Lassen Sie sich unter der Nummer **458-** einen Termin bei **TIM** oder **JASON** geben, oder kommen Sie einfach bei uns vorbei. **BESUCHEN SIE DAS KURLANDER BEERDIGUNGSINSTITUT UND FAHREN SIE MIT EINEM NEUWAGEN UND EINEM ESSENSGUTSCHEIN NACH HAUSE.**

Sollte dieses Angebot Sie zu einem ungünstigen Zeitpunkt erreichen, bitten wir vielmals um Entschuldigung.

2. August 1994

Mr. Chris Camp
2737 Shadow Crescent
Rockville Centre, New York 11570

Betreff: Mein neuer Job

Sehr geehrter Mr. Chris Camp, Rechtsanwalt:

Als ich noch klein war, hat meine Mutter oft zu mir gesagt, greif nicht nach der Sonne, sonst geht es dir wie allen und du verbrennst dir die Finger. Aber damit gebe ich mich nicht zufrieden, und Sie, glaube ich, auch nicht. Ich greife weiter nach der Sonne. Vielleicht sehen Ihre anderen Bewerber diesen Job ja als ein Mittel, sich Autos, Essen oder andere Sachen zu kaufen, die wir alle haben wollen. Bitte lassen Sie mich Ihnen sagen, Mr. Chris Camp, dass für mich das Wohl Ihrer Firma an erster Stelle steht. Ich werde hart und unermüdlich arbeiten, um Produktivität und Effizienz zu steigern, genau wie bei der Post der Vereinigten Staaten und meinen diversen anderen Jobs und Tätigkeiten. Ich bin ein Mann mit Visionen, bitte führen Sie sich das vor Augen, bevor Sie heute abend schlafen gehen. Ich habe einer aufgeschlossenen, zukunftsorientierten Firma einiges zu bieten. Meine Gehaltsforderungen sind verhandelbar aber nicht allzu flexibel, das könnte ein Problem werden, und ich muss mir meine Schritte genau überlegen. Ich habe das Gefühl, wir ähneln uns, Mr. Chris Camp wir greifen beide nach der Sonne, diesem feurigen, hellen, leuchtenden, strahlenden Gestirn am Morgenhimmel. Bitte rufen Sie mich an und lassen Sie mich wissen, ob es richtig war, meine Hoffnungen und Pläne in Sie zu setzen. Wir brauchen mehr Leute wiesie, Tim Cryderman und Jason Napier. Erst kürzlich wurde mir bewusst, dass Rechtsprechung eine cerebrale Form von Kunst tist und nicht nur ein Haufen Zahlen auf Papier, als ich bei einer routinemäßigen Verkehrskontrolle angehalten wurde, eine Anzeige wegen überhöhter Geschwindigkeit bekam und von dem Rechtsanwalt Mr.Carlton Whitman vertreten wurde, der mir sagte, er sei beeindruckt von meinem Mut, meiner Chutspe und meinem breiten juristischen Wortschatz, den ich mir allein durch das Anschauen angesagter TV-Serien wie L.A. LAW und MATLOCK angeeignet habe. Ich werde mich weiter anstrengen und nur mit dem Besten zufrieden geben. Auch bin ich sehr kommunikatif, der Umgang mit Menschen ist mein tägliches Brot. Vergessen Sie nicht, dass »solide« Angestellte das Fundament jeder Firma sind. Ich wäre gern Teil des »soliden« Fundaments, auf dem Sie eine glänzende, kühne, fortschrittliche, neue Welt aufbauen.

Mit mehr als freundlichen Grüßen,

William J. Carpenter

Foto, GEFUNDEN von Julia Kerrigan, Edgewater, Maryland

EIN SOLIDES FUNDAMENT

GEFUNDEN von Tom N.,
Albany, New York

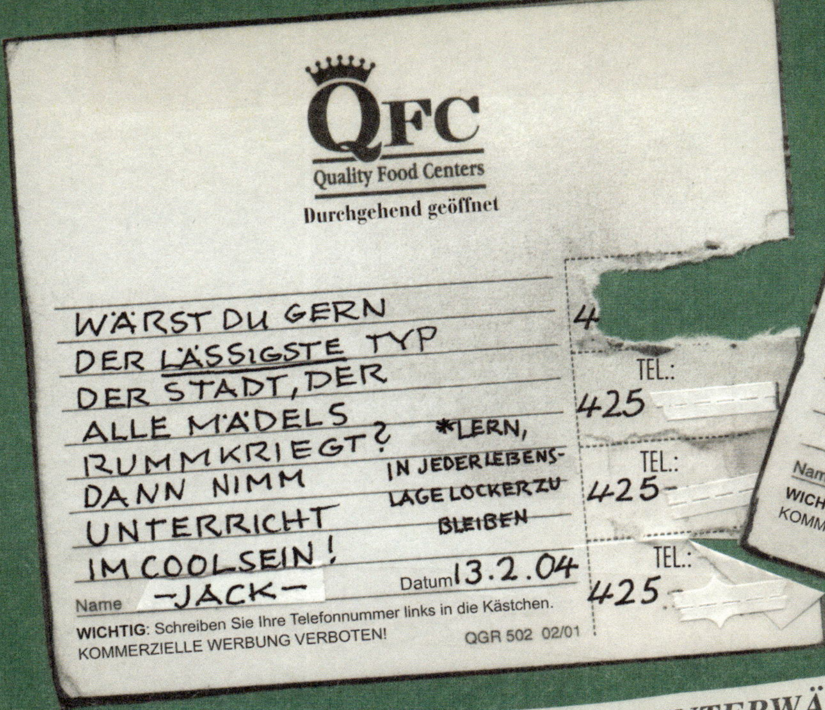

QFC Quality Food Centers
Durchgehend geöffnet

WÄRST DU GERN
DER LÄSSIGSTE TYP
DER STADT, DER
ALLE MÄDELS
RUMMKRIEGT? *LERN, IN JEDER LEBENSLAGE LOCKER ZU BLEIBEN
DANN NIMM
UNTERRICHT
IM COOLSEIN!*

Name -JACK- Datum 13.2.04

WICHTIG: Schreiben Sie Ihre Telefonnummer links in die Kästchen.
KOMMERZIELLE WERBUNG VERBOTEN!
QGR 502 02/01

TEL.: 425
TEL.: 425
TEL.: 425

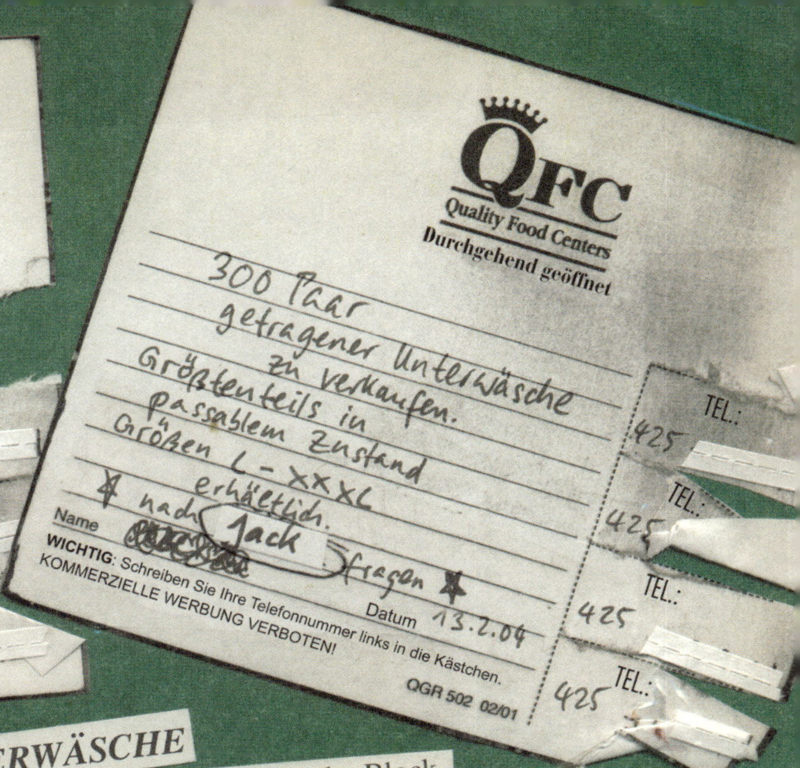

QFC Quality Food Centers
Durchgehend geöffnet

300 Paar
getragener Unterwäsche
zu verkaufen.
Größtenteils in
passablem Zustand
Größen L–XXXL
erhältlich.
* nach Jack fragen *

Name Datum 13.2.04

WICHTIG: Schreiben Sie Ihre Telefonnummer links in die Kästchen.
KOMMERZIELLE WERBUNG VERBOTEN!
QGR 502 02/01

TEL.: 425
TEL.: 425
TEL.: 425
TEL.: 425

DUFTER TYP, MÜFFELNDE UNTERWÄSCHE

GEFUNDEN von Kathy Block,
Seattle, Washington

*K*athys Mann arbeitet im QFC-Supermarkt und fand diese Zettel, als er die alten Anzeigen vom Schwarzen Brett entfernte. Witzig, dass einige Leute mehrere Anzeigen mit seltsamen Angebotskombinationen ausgehängt haben und dass tatsächlich einige Telefonnummern abgerissen sind! Naja, wer würde nicht gern mietfrei wohnen oder sich zum coolsten Typen der Stadt mausern?

DAVY

EINSAMER TELLERWÄSCHER

GEFUNDEN von Kathy Block,
Seattle, Washington

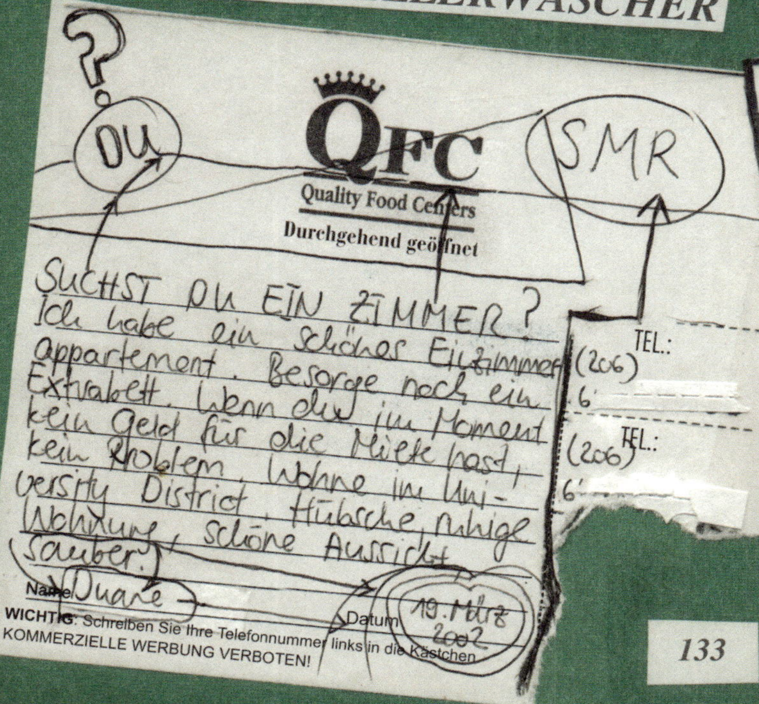

QFC Quality Food Centers
Durchgehend geöffnet

?
DU
SMR

SUCHST DU EIN ZIMMER?
Ich habe ein schönes Einzimmer-
appartement. Besorge noch ein
Extrabett. Wenn du im Moment
kein Geld für die Miete hast,
kein Problem. Wohne im Uni-
versity District. Hübsche, ruhige
Wohnung, schöne Aussicht,
sauber.

Name Duane Datum 19. März 2002

WICHTIG: Schreiben Sie Ihre Telefonnummer links in die Kästchen.
KOMMERZIELLE WERBUNG VERBOTEN!

TEL.: (206) 6
TEL.: (206) 6

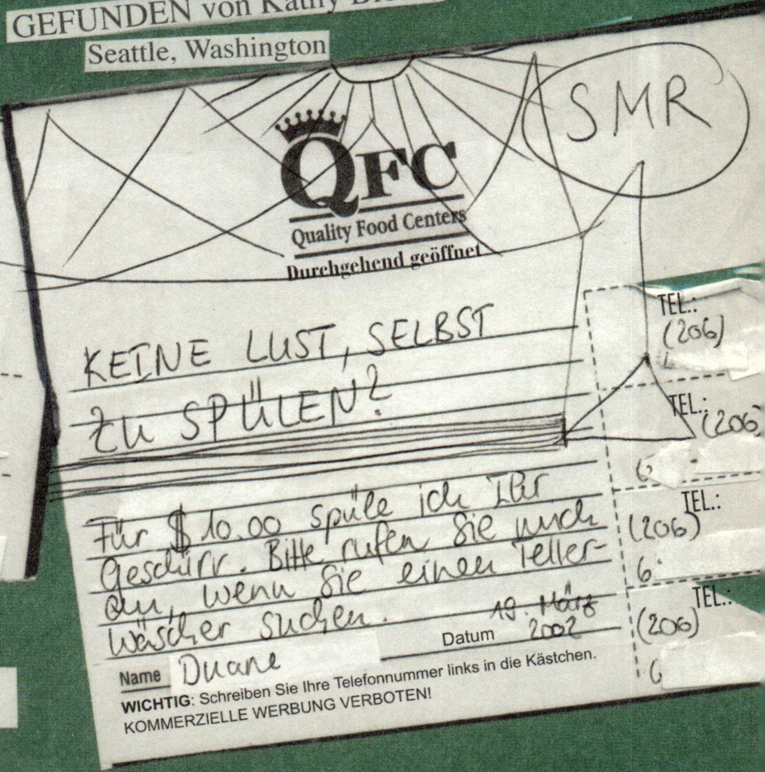

QFC Quality Food Centers
Durchgehend geöffnet

SMR

KEINE LUST, SELBST
ZU SPÜLEN?

Für $ 10.00 spüle ich Ihr
Geschirr. Bitte rufen Sie mich
an, wenn Sie einen Teller-
wäscher suchen.

Datum 19. März 2002
Name Duane

WICHTIG: Schreiben Sie Ihre Telefonnummer links in die Kästchen.
KOMMERZIELLE WERBUNG VERBOTEN!

TEL.: (206) 6
TEL.: (206) 6
TEL.: (206) 6
TEL.: (206) 6

BÄCKCHEN STREICHELN

GEFUNDEN von Scott und Acacia Cocking, Arcata, Kalifornien

Hey Bellini,
ich habe dich heute vermisst,
weil du so gut riechst und so
knuddelig bist. Zum Abendessen
fresse ich dich auf, denn du
bist so süß, dass ich nie genug
von dir kriege. Tut mir leid,
wenn ich peinlich bin, aber du
bist auch peinlich. Ich finde, wir
könnten heute Yoghurt essen, außer-
dem haben wir noch Schoko-Chai,
beides würde unserem Gaumen & Bäuch-
lein gut tun. Manche würden
dich mein „Mein Honigbär" nennen,
aber für mich bist du mein schnuf-
feliges Pudelchen. Ich möchte deine
Bäcken streichlen (Gesicht & Popöchen),
weil sie so warm & weich sind, und
dich dann auf die Stelle am Kinn
küssen, die, wo ich immer quitschen
möchte wie ein Itzibitzischnul-
liwuh ← das habe ich
gerade erfunden. Weißt du noch

Schreibt sie jetzt an ihren Freund oder ihren Hund?

DAVY

als ich diese scharfen Kau-
gummis hatte und nicht aufhören
konnte zu kauen, obwohl mein
Mund total gebrannt hat, wie
blöd war das denn!!!

Foto, GEFUNDEN von Wendy Fitzgerald, Sarasota, Florida

EIN PAAR SEKUNDEN ALT GEFUNDEN von Jacob Gentry, Hillsborough, North Carolina

Hot Pocket
Gestohlen

Farbe: gelb, gold, braun
Alter: ein paar Sekunden
Art: Hühnchen Schinken
& Käse

HOT PoCKet
Belohnung

Was aussteht (außer Party zu machen)

- ✓ Haartönung für Ami aussuchen
- Plan für Weltfrieden ausarbeiten
- Playstation-/Brettspielnacht nach der Party organisieren
- zur Maniküre gehen
- Mantelknopf annähen

PRIORITÄTEN GEFUNDEN von Elizabeth Schnell, Richmond, Virginia

HI BRUDER GEFUNDEN von Shyan Silva, Nashville, Tennessee

20. Januar 2004

Mike,
bitte melde
dich bei Justin
er liebt dich und
du fehlst ihm!
Alles Liebe
Mom ♡

Hi Bruder,
lass uns abhängen!
Bitte, ich hab dich lieb
ruf zuhause an
wenn du kannst.
Mach's gut—
Justin

#391
4090

Zeichnung, GEFUNDEN von Alexis Moore, Conway, Arkansas

GRAUE HAARE, ROTER STIFT

GEFUNDEN von Ruby Daniels, Los Feliz, Kalifornien

An den Herren mit den grauen Haaren–

Ich möchte Ihnen gern sagen, dass ich im gegenwärtigen Wäschetrockner-Streit auf Ihrer Seite bin. Jeder weiß, dass nur einer der Trockner funktioniert und dass man nicht immer warten kann, bis der Vorgänger seine Sachen herausgenommen hat, bevor man ihn benutzt. Aber ich schreibe Ihnen noch aus einem anderen Grund. Ich fand's toll, wie Sie den Brief des ersten Schreibers verbessert haben. Deshalb wollte ich Sie was fragen. Wenn ich hier Briefe und andere Sachen hinterlege, könnten Sie die eventuell auch durchlesen und korrigieren?

Viele Grüsse.

Ärgern Sie sich nicht über die Witzfiguren

GEFUNDENE POST-ITS

ICH MAG EIER GEFUNDEN von Ernie Hershey, Dacula, Georgia

Alex
bitte spül dein
schmutziges Geschirr.
Übrigens – da sind noch
hartgekochte Eier von dir
im Kühlschrank.

Gruß, Mom –

Geborgt!
aber die Eier
sind nicht
von mir.

HMMM! WAS
SIND DAS FÜR
EIER?
SIND DIE NOCH VON
JOES & NICOLES BESUCH
ÜBRIG? (IGITT!!)
Gruß, Mom

Nee, das
hätten wir doch
früher gemerkt.
Stinken sie schon?

Nein, GESTUNKEN
haben sie nicht.
Sie waren in einer
Frischhaltebox hinten
im Kühlschrank.
Habe sie weggeworfen!

Gruß, Mom

TRÄNEN AUF DEM MOUNT SHASTA GEFUNDEN von 100 Cameras, Seattle, Washington

MEIN LIEBER MANN.
ALS ICH DIR AUF DEM
MOUNT SHASTA DAS JAWORT
GAB, HABE ICH GEWEINT. ACHT
JAHRE DANACH KOMMEN MIR
IMMER NOCH DIE TRÄNEN, WENN
ICH DARAN ZURÜCKDENKE.
ES MAG PATHETISCH KLINGEN,
ABER MEINE LIEBE ZU DIR
WÄCHST MIT JEDEM JAHR, DAS VERGEHT.

DEINE DICH LIEBENDE FRAU,
SUSAN

IMMER RECHT HABEN

GEFUNDEN von Carrie Atchison,
Peyton, Colorado

Carrie fand diesen Zettel mit klugen Ratschlägen in einem Buch in der Schulbücherei, wo sie arbeitet. Ich wünschte, das hätte mir mal jemand verklickert, als ich noch jünger war – es hätte mir eine Menge Ärger erspart!

DAVY

Nicht vergessen

Hör immer zu wenn Erwachsene dir was sagen, ganz egal ob es der letzte Schwachsinn ist oder ob sie Recht haben. Denn sie haben immer Recht oder glauben das zumindest, manchmal haben sie Recht und manchmal nicht, aber der Punkt ist sie hören einem sowieso nicht zu, weil man noch zu jung und dumm ist, also warum sollten sie. Wenn sie mit dir sprechen wollen, lass sie einfach labern, und sag ihnen, dass du es nie wieder tust. Wenn sie Unrecht haben, entschuldigst du dich trotzdem, warum? Weil es nichts ändert, egal was du sagst, also versprich, dich zu bessern, das nimmt ihnen den Wind aus den Segeln, aber du darfst es nicht nur sagen, du musst es auch tun. Lass sie meckern, du kannst eh nichts dagegen machen, sitz es einfach aus, widersprich nicht, auch wenn sie Unrecht haben, sag dass es dir Leid tut und dass du dich besserst, dann gibt's keinen Ärger, und du sagst nicht irgendwas Dummes, das du hinterher bereust, bleib cool, lass sie ausreden, hör zu und versuch, dich zu bessern.

LIEBER .DOC

GEFUNDEN von TradeMark G., San Francisco, Kalifornien

Ich werde manchmal gefragt, ob neue Kommunikationsformen wie E-Mail und SMS handgeschriebene Nachrichten irgendwann verdrängen, so dass wir von FOUND irgendwann im Regen stehen. Meine Antwort ist, nein, das bereitet mir kein Kopfzerbrechen, und zwar aus folgenden Grund – während die Technologien sich weiterentwickeln, stoßen wir ständig auf neue Möglichkeiten, interessante Dinge zu finden, die uns faszinierende Einblicke in das Leben anderer Leute geben. Allein in den letzten Monaten bekamen wir einen Satz Bilder von einem Handy, das jemand in einer Bar vergessen hatte, gruselige Gedichte von der Festplatte eines alten Macintosh, der halb zerschmettert in einem Steinbruch gefunden wurde, Stapel von ausgedruckten E-Mails, und sogar das Videotagebuch eines im Irak stationierten U.S.-Marine.

Und dann wäre da noch die Sammlung unseres Freundes TradeMark G. vom Evolution Control Committee, einer Künstlergruppe aus Ohio und Kalifornien. Mark entdeckte bei der Benutzung von Filesharing-Diensten wie Kazaa, LimeWire und eMule, dass Unmengen von Leuten sich dieselben Microsoft Word Dokumente auf ihren Computern teilen. (Das ist kein illegales Hacken, sondern mehr so, als würde jemand sein Notizbuch auf einer Parkbank vergessen.) Wenn man ein Word-Dokument zum ersten Mal abspeichert, bekommt es von dem Programm automatisch einen Titel, der aus den ersten Worten der Datei besteht. »Liebe Mom« wir unter LIEBE MOM.DOC abgespeichert; »Lieber Weihnachtsmann« unter LIEBER WEIHNACHTSMANN.DOC; »Lieber Hurensohn« unter LIEBER HURENSOHN.DOC. Indem Mark einfach »LIEBER.DOC« eingab, entdeckte er diese und jede Menge anderer cooler Texte. Probiert es aus! Allen Unkenrufen zum Trotz sieht es aus, als bräuchten wir dank der neuen Technologien nicht einmal mehr den Schreibtisch zu verlassen, um fündig zu werden.

DAVY

Lieber Chief Boyle,

das Bluett Township Police Department hat mehrere Gegenstände aus meinem Besitz in Gewahrsam. Da ich sehr an diesen hänge, wäre ich Ihnen ausgesprochen verbunden, wenn ich sie zurückbekommen könnte.

Auflistung der Gegenstände:

1. Silbernes Repetiergewehr mit Geradezugverschluss, Seriennr. 1939XV11
2. 12 kalibrige, weiße Schrotpatronen Wonder Cira 1904, Alter unbekannt
3. 30/30 Winchester-Gewehr mit Koffer Seriennr. 6176
4. Waffenbesitzkarte, 1972 in Fairlawn, N.J., ausgestellt auf meinen Namen
5. CoH-Revolverreplik. Keine Seriennr.

Vielen Dank im Voraus,

Morris K. Redmond

Foto, GEFUNDEN von Bobby D. & Jennifer Welsh, St. Paul, Minnesota

Lieber Ken,
wie du sicher weißt, hatte ich in letzter Zeit Probleme, und zwar nicht zu knapp. Und soll ich dir was sagen, Ken, das ist alles deine Schuld. Du widerst mich an. Es ist für mich an der Zeit, einen Schlussstrich zu ziehen und diese Farce zu beenden, das dauert schon viel zu lange. Ich habe das in mich hineingefressen, und dabei ging es mir immer schlechter, aber jetzt reicht's Also, Kennyboy, ich hoffe, du hattest deinen Spaß, denn jetzt ist Schluss.

Viele liebe Grüße,
Robert James

Lieber Disziplinarausschuss,
ich möchte mich für mein schlechtes Benehmen und all die
schlimmen Dinge, die ich getan habe, entschuldigen. Ich habe Mist
gebaut, ich hätte nie mit dem Dealen anfangen sollen. Ich verspreche
Ihnen, es kommt nie wieder vor, denn mir ist klar geworden, dass es
falsch ist, Drogen zu verkaufen. Während meiner Suspendierung vom
Unterricht habe ich mit meinem Seelsorger (John Williamson) und
einem professionellen Terapeuten (Dr. Dan Van Bokel) gesprochen.
Mein Seelsorger hat gesagt, ich muss dankbar sein, eine zweite
Chance zu kriegen. Eigentlich hätte keine verdient. Er hat mich
ermutigt, die Chance zu nutzen und wieder auf diese Schule zu gehen.
Er hat mir auch einen professionellen Terapeuten empfohlen. Ich habe
seinen Rat befolgt und möchte im nächsten Halbjahr ganz neu
anfangen, diesmal ohne Drogen.

Lieber Gerald

Wie geht es dir? Hier geht ganz schön was ab wusstest du dass ein Flugzeug in Queens abgestürzt ist? Gerald, wenn du heimkommst hau ich dir eins auf die Nuss, um zu sehen wer von uns der Stärkere ist. Gerard fragt ob du mit ins Kino gehst wenn du zurück bist. Und wünscht frohe Weihnachten.

Alles Liebe
Angus Family

HIER BIST DU

GEFUNDEN von Nick Davenport in der Community Highschool, Ann Arbor, Michigan

Vielleicht bist du ja mal knapp bei Kasse und kannst dir die 5 oder 6 Mücken für ein Päckchen Zigaretten nicht mehr leisten. Aber man kann sie sich auch selbst drehen. Das kann man von Hand machen oder mit einer billigen Maschine. Eine Packung Tabak, das entspricht etwa zwei Päckchen, kostet zwischen $ 1,25 und $ 5 Dollar. Eine Zigarettendrehmaschine kostet zwischen $ 3 und $ 15. Für ein oder zwei Mücken kriegst du schon ein paar hundert Filter.

Zum Drehen nimmst du zuerst ein Blättchen. Falte es in der Mitte, so dass der Klebestreifen dabei nach innen zeigt. Nimm etwas Tabak, leg ihn auf das Blättchen, das du mit dem Mittelfinger und Daumen hältst, und verteil ihn vorsichtig. Dann legst du die Daumen und Mittel-/Zeigefinger auf das Blättchen, drückst den Tabak

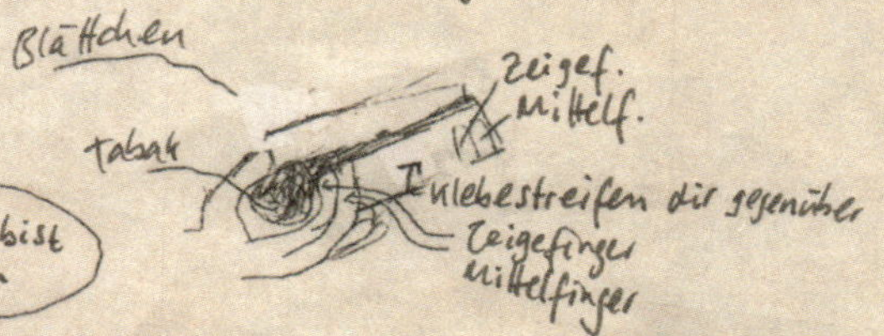

Hier bist du

Verdammt, entweder gehe ich wieder in die Politik, oder ich besorg mir 'ne Hundemarke

Zwei Zeichnungen, GEFUNDEN von Liz im Denny's, Ann Arbor, Michigan

SAN FRANCISCO POLICE DEPARTMENT

VERNEHMUNGSPROTOKOLL

Seite 139 von 156

NAME VORNAME(N) DES ZEUGEN	SIMS BARRY M
WOHNSITZ IN SAN FRANCISCO	TREAT AVE.
PLZ	
GEBOREN AM	23.5.58
TELEFON (TAG/NACHT)	( )
TELEFON ARBEIT (TAG/NACHT)	( ) 63
VERNEHMUNGSZEITPUNKT	20.3.03
BEGINN	20.40
ENDE	20.50
GESCHÄFTSADRESSE	SFPD
PLZ	
VERNEHMUNG DURCH (NAME, DIENSTGRAD)	
ORT DER VERNEHMUNG	VOR ORT ☐ ANDERE:
IM BEISEIN VON	

Im Rahmen des Einsatzes vom 20.3.03 bekam unsere Einheit den Befehl, eine aufrührerische Menschenmenge zu zerstreuen, die von der 7th Street aus in östlicher Richtung über die Mission Street zog. Unsere Einheit formierte sich zu einer Reihe und marschierte über die Mission Street nach Westen. Als die Randalierer sich uns näherten, forderte ich mehrere von ihnen verbal auf, umzukehren, da sie sonst geschlagen würden. Die meisten Unruhestifter machten daraufhin kehrt. Aber einige wollten sich mit mir anlegen. Ein ca. 22-jähriger männlicher Weißer bekleidet mit schwarzer Jacke, schwarzer Hose und einem schwarzen Tuch über dem Gesicht versuchte mir den Schlagstock zu entreißen. Geschickt parierte ich seinen Angriff und versetzte ihm einen Schlag in Zone Eins seines Körpers. Dann tauchte der Feigling in der Menge unter.

ZONE EINS

GEFUNDEN von Seth Meisels,

San Francisco, Kalifornien

Am Tag, nachdem George W. Bush dem Irak den Krieg erklärt hatte, gab es Massendemonstrationen in der Innenstadt und dem Mission District. Einige Tage später fand ich dies auf der Straße.

S.M.

HIERMIT VERSICHERE ICH, DASS MEINE ANGABEN DER WAHRHEIT ENTSPRECHEN

UNTERSCHRIFT DES ZEUGEN

SFPO377 G (6/93)

25.8.05

Hi Dad. Dachte mir, ich melde mich mal wieder. Alles klar hier in Monroe. Ist'ne ganz vernünftige Anstalt. Mir gefällt, das alle mich links liegen lassen. Jeder kümmert sich um den eigenen Kram und bleibt für sich. Deshalb fühle ich mich hier ganz wohl, denn ich habe keinen Bock auf gesellschaft. Die Leute hier gehen mir am Arsch vorbei. Aber das gute ist, man lässt mich in Ruhe. Ich weiß, wie man nicht auffällt. Die Bücherei ist nicht übel. Ich lese gerade ein Buch, in dem viel von Plato steht. Gefällt mir ganz gut bis jetzt. Mein Zeug aus Shelton ist heute angekommen. Bücher, Sonnenbrille, Seife, Zahnpasta, lauter nützliche Sachen, die ich im Shelton gesammelt habe. Und, wie steht's mit den Vögeln? Schon einen Merlin gesehen? Oder einen Cooper? Ich wünsch Dir viel glück.

Okay, dann mach's gut. Bis denne,

Blair

HINTER GITTERN

GEFUNDEN von John Hogue, Bellingham, Washington

Ich fand diesen Brief am Straßenrand. Monroe und Shelton sind Gefängnisse des Staates Washington. Ein Cooper's Hawk ist eine Sperberart; der Merlin gehört zu den Falken. J.H.

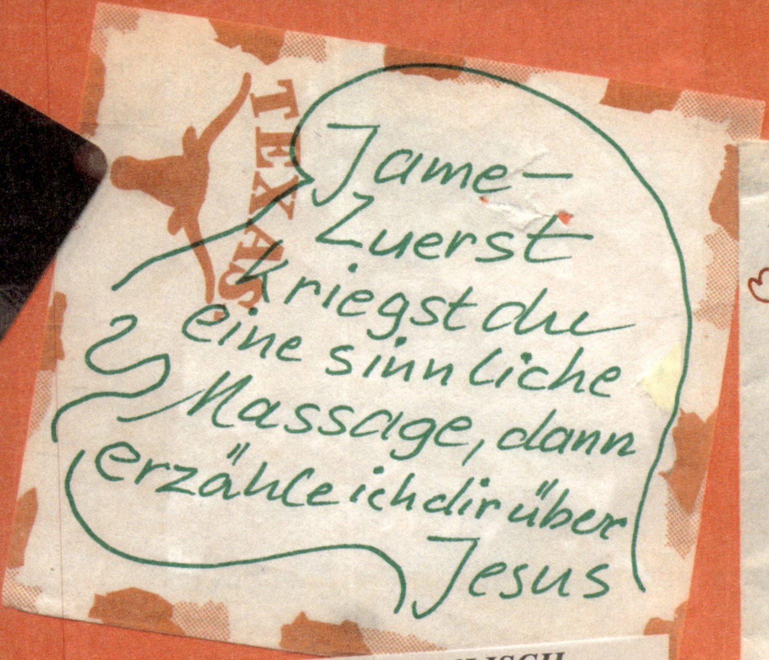

HIMMLISCH

GEFUNDEN von Scot Nobles & Jimmy,
Austin, Texas

Wir arbeiten bei BookPeople, und fanden diesen Zettel in einer Ausgabe von Dave Eggers *Ein herzzerreißendes Werk von umwerfender Genialität.*

S.N.

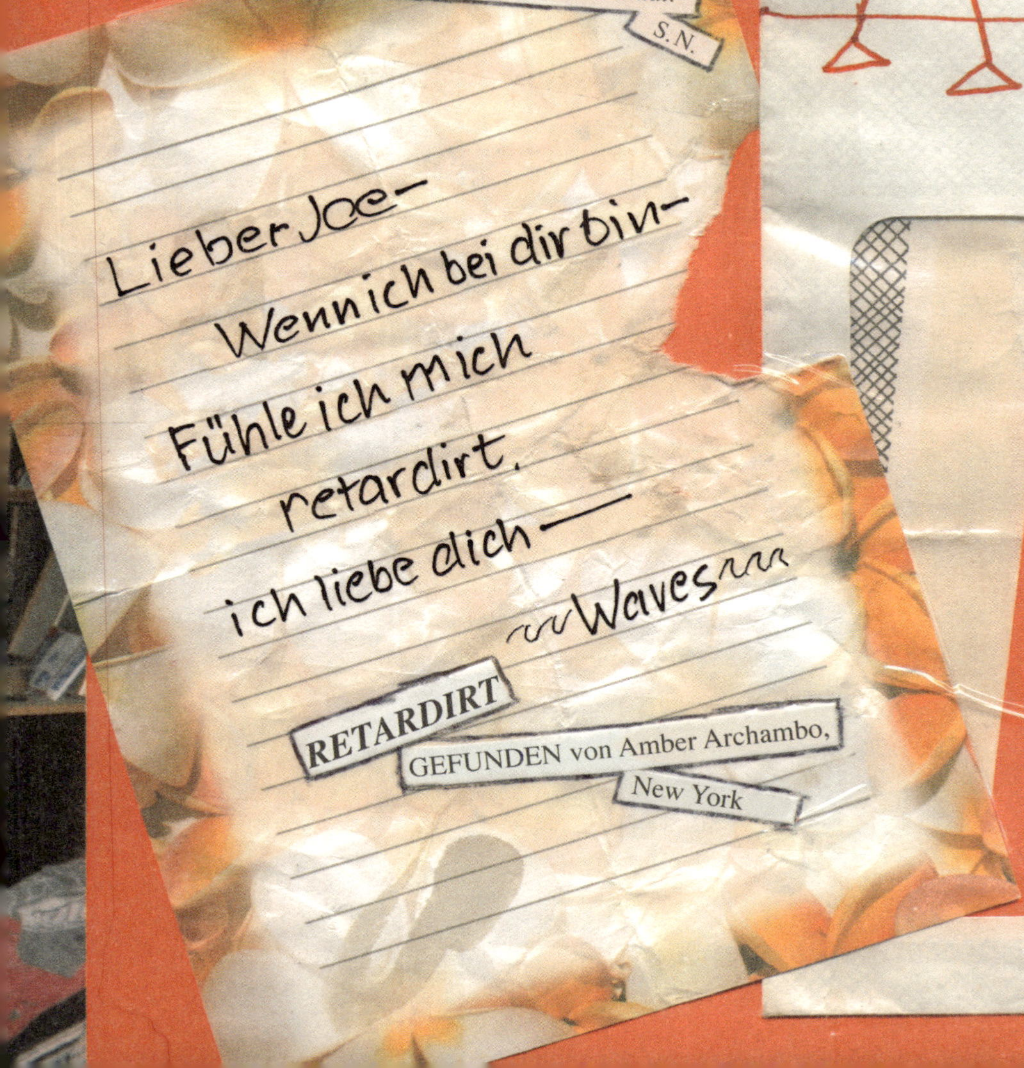

RETARDIRT

GEFUNDEN von Amber Archambo,
New York

FRANKIERT GEFUNDEN von Brook Sommerdorf,
Sacramento, Kalifornien

DONALD BAUUNTERNEHMEN

Menschen | Fortsch...

Heute zu erledigen:

- Ölwechsel, Filter etc.
- Oma zum Augenarzt fahren.
- einkaufen:
- ✡ unbedingt besorgen

Katzenfutter

Milch und Abführmittel

Abführmittel

Abführmittel

Abführmittel

ZU ERLEDIGEN

GEFUNDEN von Josh Hadas,

Boston, Massachusetts

WINSTON

GEFUNDEN von Steven Lee,

San Francisco, Kaliforni

Seite 1 von 1

Winston,

eins wollte ich dir noch sagen … Beim letzten Mal hielt ich es für unnötig, es dir zu erklären. Trotzdem … das Thema geht mir nicht aus dem Kopf.

Ich finde nicht, dass du »klammerst«. (Damit wollte ich dich bloß aufziehen) – aber ich verstehe, warum du dich daran erinnert hast und warum es dich ärgert – aber dass du nicht glaubst, dass ich mich selbst verteidigen und »meinen Mann stehen kann, ist einfach lächerlich. Wenn du das echt glaubst, sieh noch mal genau hin, denn du hast keinen verf*ckten Schimmer.

Schau, Liebling, ich habe im zentralamerikanischen Dschungel schon Waffen für eine Guerillaarmee organisiert, da war ich gerade ACHTZEHN. Wer mich ansch*ßt, muss das Echo ertragen können.

Andererseits … ich bin auch ein freundlicher, liebevoller, mitfühlender Mensch. Und ich habe gelernt, mir sehr genau zu überlegen, ob ich kämpfe oder nicht, das ist meine »weibliche Seite«. Du hast deine eigene Meinung darüber, was im Club vorgefallen ist, und das ist auch okay … aber nur, dass du's weißt, ich bin vielleicht nicht das Mädchen, für das du mich hältst.

Ich sage dir das nur, weil ich dich mag. Ich möchte, dass du mich besser kennenlernst.

Bis nachher –

- ***Samantha***

KEIN TATSCHEN!

Kein Grapschen. Kein Schubsen. Kein garnix

KEIN TATSCHEN

GEFUNDEN von Natasha Korshin,

Anchorage, Alaska

Montag

5:30 → aufstehen

5:45 → duschen

6¹⁵ → fertigmachen, anziehen → Zigarette

6³⁰ → aus dem Haus gehen → Zigarette

6:50 → bei der Arbeit

7:10 → Kaffee trinken, Donut essen

10:00 → Kaffee trinken → Zigarette

11:30 → Zigarette

12:00 → Donut essen

TAGESPLAN

GEFUNDEN von Jim Martin,

Pittsburgh, Pennsylvania

1. ~~Gescheites Feuerzeug kaufen~~
2. Bei Medsnationwide anrufen ⇒ herausfinden, warum ich für mein Rezept Nr. 331264 # 60031 keine Neuverordnung kriege
3. Mich bei Online.doc beraten lassen.
4. Bei Alpha drugs anrufen + Fragen, besonders welches Web
5. Michael Winslow anrufen - er hat 2 Fragen + ihm das Watani-Konzeptpapier geben + ihm sagen $ 2/Tag.
6. Peggy - was hältst du von meiner Parkhausidee?
7. Rachel anrufen + fragen, wie weit er mit seiner Liste der 100 Zwischenergebnisse ist.
8. Tony anrufen und nach den Vater/Sohn-Aktivitäten am 13.10., 22.10. + 13.11. + 17.11. fragen.
9. John Dorion anrufen re: Phil Green

PRIORITÄTEN

GEFUNDEN von Michael Joseph,

Charlotte, North Carolina

GRÜNDE, MIT DEM RAUCHEN AUFZUHÖREN

1. Gesundheit
2. Geld
3. nervt andere
4. Husten
5. militante Nichtraucher
6. Löcher in Kleider
7. Selbstachtung
8. ständige Müdigkeit
9. falschen Freund
10. mehr Zeit

GRÜNDE, MIT DEM RAUCHEN AUFZUHÖREN

GEFUNDEN von Eric Hoffman,
West Harford, Connecticut

Diese Liste fand ich in einem Gedichtband namens *Konzentration*. Grund Nr. 5 gefällt mir am besten – was hätte Bill Hicks wohl dazu gesagt? E. H.

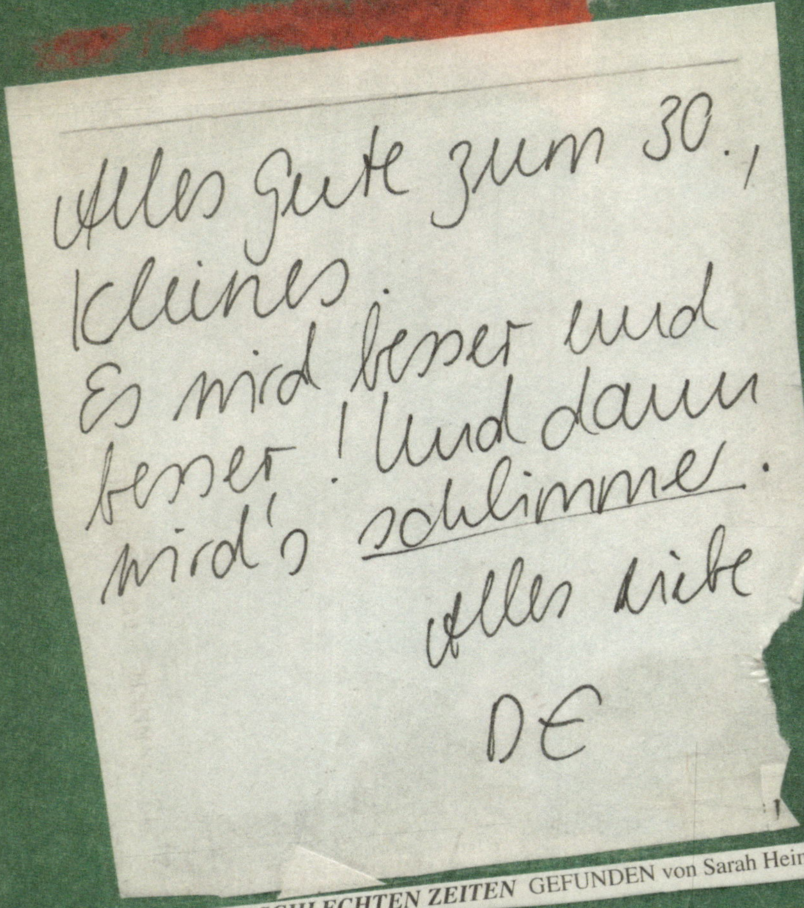

IN GUTEN WIE IN SCHLECHTEN ZEITEN GEFUNDEN von Sarah Heinemann, in einer gebrauchten Ausgabe von *Sakrileg*, San Francisco, Kalifornien

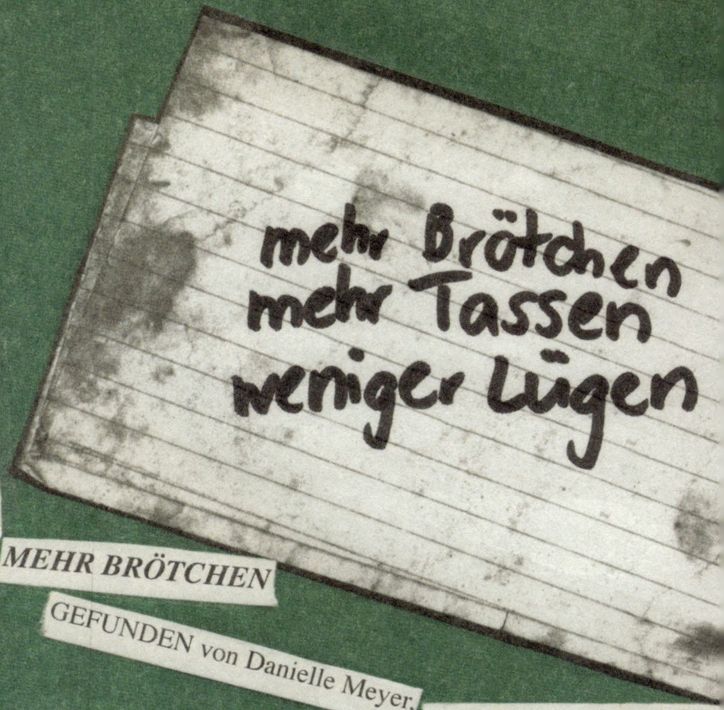

MEHR BRÖTCHEN GEFUNDEN von Danielle Meyer, San Francisco, Kalifornien

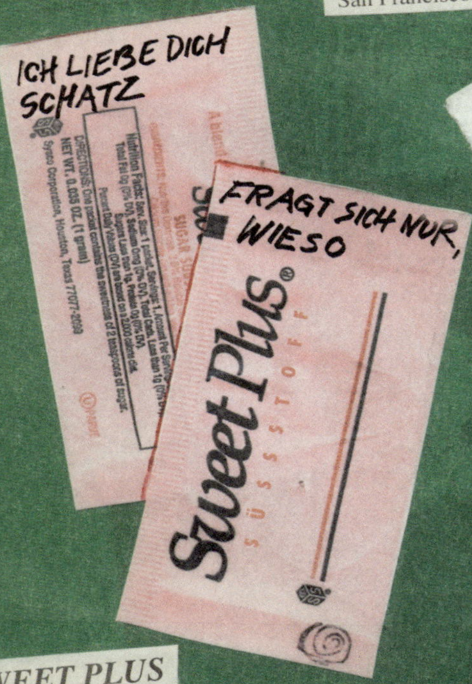

SWEET PLUS GEFUNDEN von Ian Donahue, Indianapolis, Indiana

Dies fand ich zwischen den anderen Süßstoffpäckchen im Broad Ripple Brew Pub. I.D.

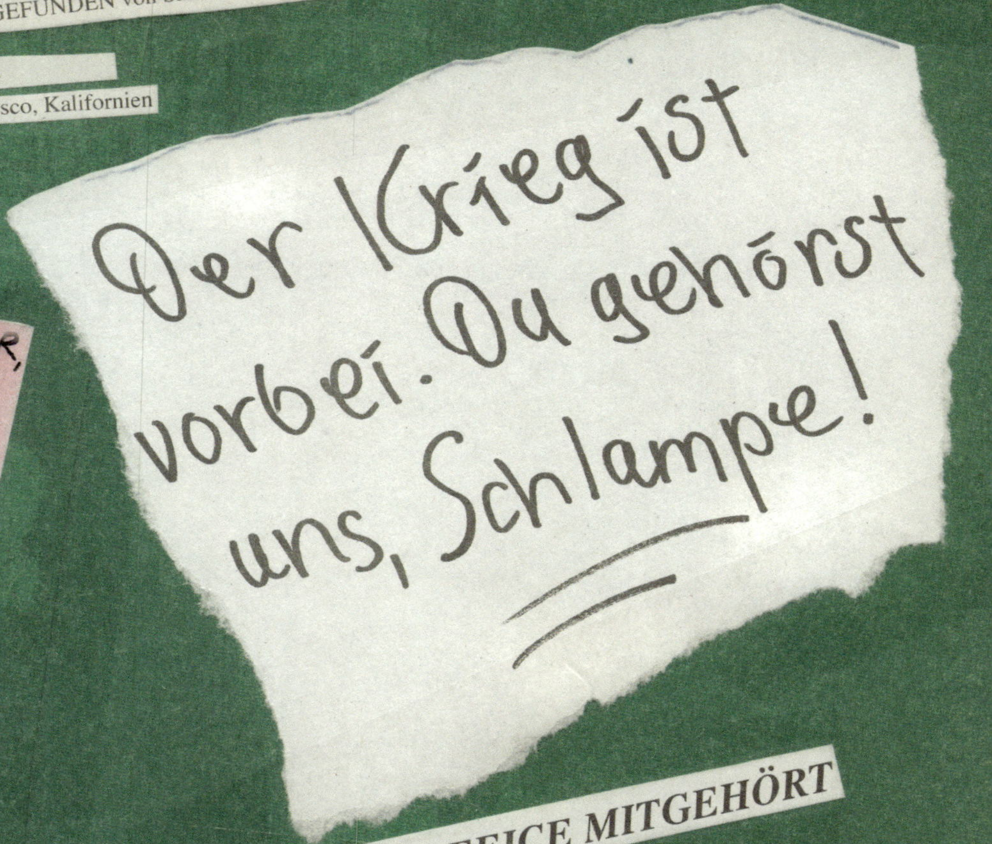

IM OVAL OFFICE MITGEHÖRT GEFUNDEN von Patrick Kolodgy, Toledo, Ohio

GEWISSENSBISSE

GEFUNDEN von Sarah Coggins
Valparaiso, Indiana

ich klaue Trauben aus der Obstauslage im Supermarkt. bin ich jetzt ein schlechter Mensch?

EIN NEUES ZIMMER, BITTE

GEFUNDEN von Jen Shaw
in Zimmer 311, Latham, New York

Kings & Queens Inn®

Wenn dieser Zettel noch da ist, wurde das Bett nicht gemacht, seit ich drin geschlafen habe.

Igitt

BEI UNS IST DER GAST KÖNIG

Gesendet:
Freitag, 19. November 2004 14:32
An: how.howell oberlin.edu
Betreff: Aufsatz

Lieber Professor Howell,
entschuldigen Sie, dass ich erst jetzt Bescheid sage, aber ich schaffe es leider nicht, meinen Aufsatz rechtzeitig abzugeben. Ich konnte Mitwoch und heute nicht zum Seminar kommen, weil ich die ganze Woche krank war. Eigentlich wollte ich den Aufsatz gestern abend schreiben, aber als ich es versucht habe, ist mir so schlecht geworden, dass ich aufhören musste (ich erspare Ihnen die Einzelheiten). Ich habe mich heute wirklich bemüht, etwas für Sie zu Papier zu bringen, aber es endete in einer Riesenpleite, und jetzt geht es mir noch schlechter, weil ich mir deshalb den ganzen Tag solchen Stress gemacht habe. Ich hatte gehofft, ich könnte am Wochenende weitermachen und Ihnen den Aufsatz dann am Montag in der Uni geben, damit ich überhaupt eine Note bekomme. Ich bitte nochmals um Entschuldigung und hoffe, Sie haben Verständnis dafür, ich wusste einfach nicht, dass ich krank werde und alles schief läuft.

Tut mir wirklich Leid,
Shawn

Übersetzung:

Lieber Professor Howell,
ich schicke Ihnen diese E-mail erst so spät, weil mir der Aufsatz gerade erst wieder eingefallen ist. Am Mittwoch habe ich geschwänzt, weil ich zu breit war, um vor die Tür zu gehen. Heute habe ich auch geschwänzt, weil ich lieber mit ein paar üblen Typen am Black River abhängen wollte. Ich wusste, ich würde es nicht schaffen, den Aufsatz zu schreiben, aber das war mir ziemlich schnurz. Gestern abend wollte ich mich an die Arbeit machen, aber mit einer Bierflasche in jeder Hand tippt es sich einfach nicht gut. Heute war ich den ganzen Tag vollauf damit beschäftigt, mich zuzudröhnen und mir zu überlegen, ob ich zu einem Hockeyspiel gehe, sodass mir keine Zeit zum Schreiben blieb. Ich hatte gehofft, ich könnte vielleicht eine Verlängerung für den Aufsatz bekommen, weil ich ein dreister Blindgänger bin. Tut mir sehr Leid, bis heute war mir wirklich nicht klar, was für ein mieser Student ich bin.

Nochmals Entschuldigung,

Shawn

ÜBERSETZUNG

GEFUNDEN von Cate,
Oberlin, Ohio

Ich frage mich, ob der Professor die brutale Ehrlichkeit und den Witz der Übersetzung wohl zu schätzen wusste. Zumindest muss es eine Abwechslung gewesen sein, bei all den 08/15-Entschuldigungen, die er wohl sonst ständig bekommt.

C.

An die Kassiererin:
Könnten Sie meinem Sohn bitte ein Päckchen
Newport Lights verkaufen?

Vielen Dank im Voraus

»MEINEM SOHN« GEFUNDEN von einer dubiosen Carla Kucinski, Greensboro, North Carolina

Ach ja … an den Trick kann ich mich erinnern! DAVY

~~Sara hatte einen Arzttermin~~ am
Sara musste zum Arzt
Sara war beim
Sara war
Sar Sar
Sara hat

Sara hatte einen Arzttermin.

Sara hatte am Freitag einen Arzttermin
Bitte entschuldigen Sie ihre Abwesenheit.
Vielen Dank, NANCY L.

ERSTE FÄLSCHUNGSVERSUCHE GEFUNDEN von Caitlin Elena, Victoria, British Columbia

Ich hoffe, Sara ist damit durchgekommen! DAVY

MIESER HILFSLEHRER GEFUNDEN von Beccah Maskin, Buffalo, New York

Lieber Mark,

weil heute Freitag ist und du in den letzten 20 min. nicht erschienen bist, hat die Klasse beschlossen zu gehen und dir unsere Aufsätze dazulassen, was ich für keine gute Idee halte, denn wenn du gar nicht mehr kommst, fallen unsere Aufsätze der Putz-Kolonne zum Opfer.

Gez:
Chris H. & Klasse

PS.
Ich find's echt blöd, dass du nicht ~~ge~~ aufgetaucht bist, schließlich schreiben wir am Dienstag einen Test. Ich schreib dir wahrscheinlich eine E-mail mit Fragen zum Test.

BEQUEM
GEFUNDEN von Dave Narter, Palatine, Illinois

Hab mir neue
BHs gekauft & sie sind
echt bequem. Ich zeig sie
dir nachher beim Sport.

Alles
wird
gut

ERINNERUNG
GEFUNDEN von Gretchen Ames, Cambridge, Massachusetts

Dieser Zettel hing heute morgen (1.7.03) am Ausgang der Bahnstation Central Square in Cambridge … Er brachte mich und die Leute, die mit mir ausgestiegen waren, zum Lächeln und gab Anlass zu einigen Kommentaren (wie z.B. »Na endlich«, »Das habe ich gebraucht« oder »Wurde aber auch Zeit«).
G. Ames

MILCH
EIER
LACHS
KLOPAPIER
DAVIDS
SACHEN
REINIGUNG

ALEC BALDWIN
WIRD DICH NIE
LIEBEN – VERDAMMT
VERDAMMT
VERDAMMT
VERDAMMT

ALEC BALDWIN
GEFUNDEN von Jhone Daniels, Bel Air, Kalifornien

Grant:
Ich hoff, die Plätzchen haben dich erfreut ~~geschmeckt~~,
auch für dieses Geschenk hab ich nichts gescheut.
Baseballfan bist du, das ist wahr. –
aber auch wenn die A's verlieren
Bist du wunderbar.
~~Also trainier deinen Arm, du bist unschlagbar~~
~~Ich hoff das hilft dir abzuschalten / zu entspannen~~
~~bei Finanzkrisen und anderen Pannen~~
Wenn die Bank und die Gläubiger ~~unser~~
~~schlechte~~ harte ~~Nachrichten bringen~~
dich stressen dann fluch nicht laut
Hol aus und ziel ~~und~~ auf deine Sorgen
und schon heißt's Strike out!
~~Welche Überraschungen dich morgen erwarten~~

FINANZKRISE IN OAKLAND
GEFUNDEN von Stefan Salinas, San Francisco, Kalifornien

NICHT NETT!

GEFUNDEN von Ruth Fertig,
Austin, Texas

AN:
DIE SCHLAMPE
ALICIA

Liebe Alicia,

hast du sie noch alle?!

Vögelst Ben, während ich mit Fieber im Nebenzimmer liege. Das war nicht nett, DU SCHLAMPE!!! Ich dachte unsere Beziehung wäre was Besonderes, tja, falsch gedacht. Ich hoffe, es macht dir Spaß, „herumzuhuren" und es mit halb Austin zu treiben.

Verreck doch einfach,

liebe Grüße Roger

/ SAFELITE AutoGlas
Windschutzscheiben Sonnendächer

DINGE, DIE MICH GLÜCKLICH MACHEN

GEFUNDEN von Tyson Tate,
San Luis Obispo, Kalifornien

Dinge die mich glücklich machen:

- ein Kompliment bekommen
- ein spontaner, leidenschaftlicher Kuss von Angela
- wenn ich gut aussehe
- wenn ich nach Hause komme und die Katzen mich begrüßen
- wenn ich mich nicht ums Abendessen kümmern muss.
- wenn ich bei einem Kunstprojekt kreativ sein kann
- wenn ich entspannt vor einer Gruppe einen Vortrag halte
- wenn ich in der Öffentlichkeit pupse & mir schnurz ist, was andere denken
- Blast my Blues und andere coole Bands
- Wein trinken, Musik hören & was leckeres kochen
- eine Massage bekommen, die zu anderen schönen Dingen führt
- jemanden massieren
- mit Angela im Bett liegen und fernsehen!
- Kaffee trinken und Zeitung lesen
- neue Blumen im Garten anpflanzen.
- in der Sonne sitzen.
- ein gutes Buch lesen.
- mich in eine Decke kuscheln

68718 Perez Rd. | 56530 ... alley, CA | 85659 Ind... Ind... | ...17 ...lms ...
(61... | (81... | (61... | (6...) 357-6...

Meine Mutter hat diese Liste in einem gebrauchten Ratgeber über Trauerbewältigung gefunden. Von der Handschrift her vermute ich, dass sie von einer Frau geschrieben wurde, und dass Angela ihre Freundin ist.

T. T.

- Skifahren
- nach dem Skifahren was essen und Bier trinken
- Waltmann hören und dabei total abschalten.
- ein Überraschungsgeschenk von Angela ♡
- ein Kompliment von Angela

\+ Sex mit Angela

26. Dez. 1979

Lieber Mr. Tidswell,
ich habe gestern diesen Kuchen gebacken + Ihnen + Ihrer Frau ein Stück aufgehoben. Sie können den Kuchen bedenkenlos essen – wir hatten ihn gestern schon zum Nachtisch + er ist uns gut bekommen. Außerdem möchten wir Ihnen sagen daß wir Sie sehr gerne haben. Und Gott liebt Sie auch.

Ihre Nachbarn,
die Bowens

BEDENKENLOS

GEFUNDEN von Kristina Hallez,
Cincinnati, Ohio

Da muss man unwillkürlich an eine Cartoonfigur denken, die gerade eine Stange Dynamit in einem Kuchen versteckt hat.
K. H.

HAVE IT YOUR WAY

GEFUNDEN von Fred Nocella, Chicago, Illinois

An die Polizisten, die mich bei Burger King festgenommen haben, es tut mir sehr Leid, dass ich so ausgetickt bin.

Blake Sheilds

Blake

WIE DIE TIERE

GEFUNDEN von Laura Figueroa, Victorville, Kalifornien

2. November 1995

Liebe Kantinenfrau,

Tut uns sehr leid, was wir angestellt
haben. Wir haben uns benommen wie
die Tiere. Wir tun es nicht wieder, ehrlich.
Ich weiß, ich hab was Schlimmes
angestellt. Ich tu's nie wieder, und es tut
mir echt leid Kantinenfrau. Es tut
mir leid und es kommt nie, nie wieder
vor, versprochen.

Entschuldigung

Danny Brown

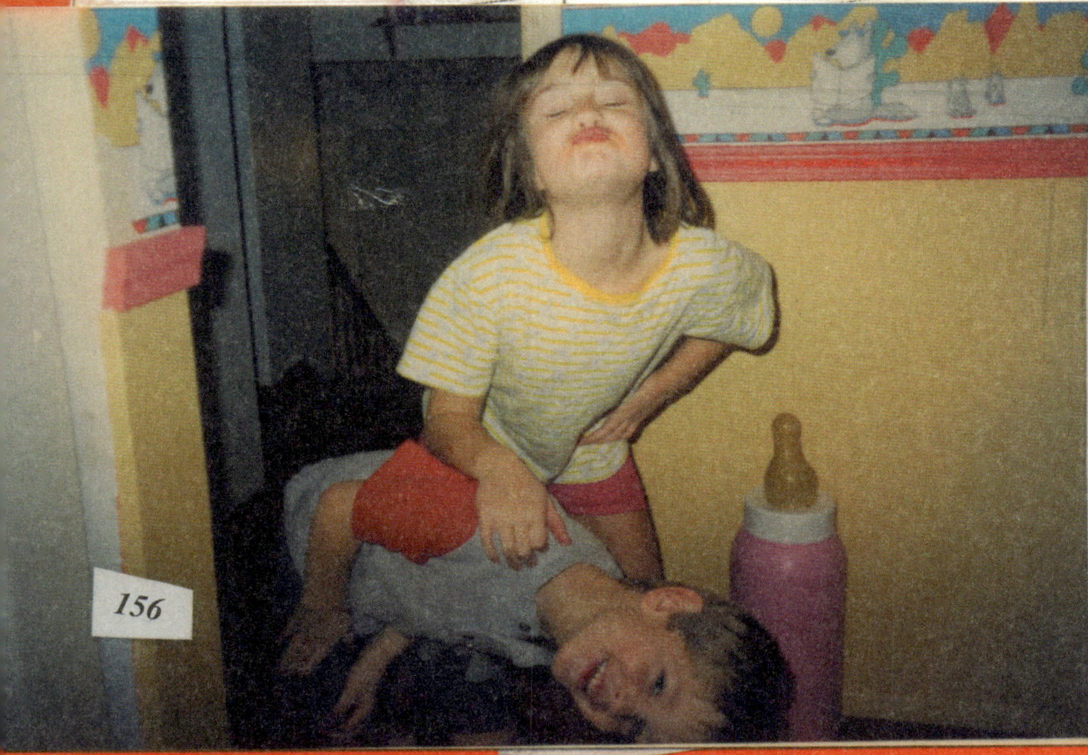

Foto, GEFUNDEN von Lo Daniels, Roanoke, Texas

ALEX

GEFUNDEN von Shaun Bonsky,
Brooklyn, New York

Alex,
Gott du fehlst mir.
Ich frage mich, ob du diesen Brief hast kommen sehen.

Alex,
Gott du fehlst mir.
Ich versuche wirklich, me[hr] an mich zu denken, aber heißt da[s], dass ich gar nicht mehr an dich de[nk]en darf?
Das ist nicht fair.
Das Leben ist einfach zu kurz.
Ich hätte dich ein paar Mal

Alex,
Gott du fehlst mir
Ich versuche wirklich, mehr an mich zu denken, aber heißt das, dass ich gar nicht mehr an dich denken darf? Das ist nicht fair. Das Leben ist viel zu kurz.
Ich hätte dich ein paar Mal fast angerufen oder besucht. Ich war manchmal spätabends bei genecom. Und weißt du was, ich hasse es, dazusitzen, das Gebäude gegenüber anzustarren, zu wissen, dass du wahrscheinlich da bist, und darüber nachzudenken, dass es mit all den schönen Gefühlen einfach aus sein soll.
Gott, ich konnte und wollte nie glauben, dass du so ein Mensch bist, der die Gefühle anderer derart ausnutzt, aber du hättest mich damals am Telefon fast überzeugt & Ich weiß nicht, was

Alex Alex Alex Alex Alex
Gott du fehlst mir Alex Alex
Ich versuche wirklich, mehr an mich
Gott, du fehlst mir du fehlst mir
Ich versuche wirklich mehr an mich zu

Alex Alex Alex Alex Alex
Gott du fehlst mir Alex Alex
Alex Alex Alex
Gott du fehlst mir Alex Alex
Ich versuche wirklich, mehr an mich zu denken, aber heißt das, dass ich gar nicht mehr an dich denken darf?

Alex Alex Alex Alex Alex
Alex Alex Alex
Gott du fehlst mir
Ich versuche wirklich, mehr an mich zu denken, aber heißt das, dass ich gar nicht mehr an dich denken darf? Alex-
Ich frage mich, ob du diesen Brief hast kommen sehen. Alex Alex

Ich hätte all das nie für dich tun können

Ich hätte all das nie für dich tun können, wenn meine Gefühle für dich nicht echt gewesen wären. So bin ich eben, es war der Klang deiner Stimme, deine Berührung etc., alles an dir, ich habe es für dich getan.

DAVY ROTHBART
erzählt die Geschichte
von

Absender unbekannt

Mario,
du bist echt das Letzte, du musst arbeiten, hast du gesagt, aber warum steht dann dein Auto HIER vor IHREM Haus?? Du bist ein elender LÜGNER ich hasse dich ich hasse dich du Schwein Amber
PS Ruf mich nachher an

Als ich in einer verschneiten Nacht in Chicago die Wohnung eines Freundes verließ und zu meinem Wagen ging, entdeckte ich eine Nachricht für einen gewissen Mario auf meiner Windschutzscheibe.

Schon in der Grundschule habe ich auf dem Boden liegende Notizen, Briefe, Fotos und andere Sachen gesammelt. Ich war jedes Mal erstaunt, wie nah ich mich einem wildfremden Menschen fühlte, wenn ich zum Beispiel einen halbseitigen Liebesbrief las, den jemand auf einer Parkbank oder im Bus hatte liegen lassen. Als ich Ambers Nachricht an Mario entdeckte, war ich so berührt von ihrer Mischung aus Wut und Sehnsucht, dass ich unbedingt einen Weg finden musste, sie mit der Welt zu teilen. Einige Tage später kam mir eine Idee: Warum nicht ein Magazin ins Leben rufen und Ambers Notiz und all die anderen erstaunlichen Funde veröffentlichen, die meine Freunde und ich über die Jahre aufgelesen hatten?

In den nächsten Monaten fuhr ich durch die Lande und verteilte Flyer, auf denen ich die Leute bat, mir ihre Fundstücke zu schicken. Zuerst tat sich nichts. Dann ging es Schlag auf Schlag. Sogar aus Alaska und Bangladesch kamen Einsendungen. Manche waren wunderschön, andere zum Totlachen und wieder andere herzzerreißend. Als ich einen ansehnlichen Stapel Material zusammengetragen und meine eigene Sammlung geplündert hatte, machten mein Freund Jason Bitner und ich uns mit Schere und Klebeband ans Werk und stellten in drei Nächten die erste Ausgabe des FOUND Magazins zusammen.

Die Resonanz war überwältigend. Immer neue Fundstücke aus aller Welt trudelten ein. Ich bekam Post von Leuten, die schon vor der Geburt meiner Eltern mit dem Sammeln solcher Schätze angefangen haben. Viele – besonders aus ländlichen Gebieten und Kleinstädten – schrieben mir: "All die Jahre habe ich Sachen von der Straße aufgehoben, und jeder hier hielt mich für plemplem. Aber jetzt weiß ich, dass ich nicht allein bin!" Doch auch Leute, die sich vorher überhaupt nicht für Fundsachen interessierten, berichteten, dass sie die Welt jetzt mit anderen Augen sehen. Wir haben Fundstücke aus Dutzenden von Ländern und allen Bundesstaaten der USA. Einmal bekamen wir sogar innerhalb einer Woche Post aus Island und

Grönland, keine schlechte Ausbeute, oder? Selbst sechsjährige Kinder haben uns ihre Schätze geschickt.

Ich bitte die Leute immer, ihren Fundstücken einen Titel zu geben, wie bei einem selbstgemalten Bild oder einer selbstverfassten Geschichte. Wir legen großen Wert darauf, alle Finder namentlich zu erwähnen.

Gefundene Nachrichten und Briefe umfassen die gesamte Palette menschlicher Erfahrungen; sie ermöglichen uns einen direkten Einblick in den Verstand und das Herz eines Menschen. Ihre manchmal brutale Ehrlichkeit berührt uns. Das liegt vermutlich an dem starken Gefühl des Wiedererkennens: Wir sehen, dass ein Mensch – der sich vielleicht sehr von uns unterscheidet – dieselben Gedanken und Gefühle hat wie wir. Plötzlich fühlen wir uns mit einer Person verbunden, die wir nicht kennen und wohl nie kennenlernen werden, und das schafft ein Gefühl der Gemeinschaft mit allen Menschen.

Einige Funde sind nur Fragmente: Sie deuten eine Geschichte an, aber die entscheidenden Details fehlen. Was verborgen bleibt, ist oft genauso faszinierend wie das, was man erfährt. Ein Teil der Freude am Finden liegt in dem imaginativen Prozess, der in Gang kommt, wenn man versucht, die einzelnen Puzzleteile zu einer sinnvollen Geschichte zusammenzusetzen. Man fragt sich: Wer ist der Verfasser? Was hat dieser oder jener geheimnisvolle Satz zu bedeuten? Woher stammt der Zettel? Wer hat ihn weggeworfen, der Schreiber oder der, für den er bestimmt war?

Ich werde oft gefragt, wo man am besten auf die Suche geht.An manchen Orten wird man tatsächlich eher fündig als an anderen. Ich persönlich mag am liebsten Gehsteige, Büsche, alle Arten von öffentlichen Verkehrsmitteln, Schulhöfe, die Altpapiercontainer von Copyshops und Unirechenzentren. Zwar imponieren mir die Hartnäckigkeit und Ausdauer, mit der einige Sucher Mülltonnen nach weggeworfenen Briefen durchforsten, doch halte ich es für falsch zu glauben, man müsse Gott weiß was tun, um auf solche Schätze zu stoßen. Man sollte einfach mit offenen Augen durch den Alltag gehen. Achtet auf eure Umgebung, wenn ihr zur Arbeit oder zur Schule geht. Und wenn da ein Zettel herumliegt, nehmt euch einen Augenblick Zeit und werft einen Blick darauf. Vier von fünf Zetteln sind nichts Besonderes, aber der fünfte ist kleines Juwel.

Also, haltet die Augen offen, ich wünsch euch was,

DAVY

© Dorothy Gotlib

DAVY ROTHBART ist der Herausgeber von FOUND, dem amerikanischen Vorbild von "Absender unbekannt", und Gründer des dazugehörigen Magazins. Er war Mitarbeiter der Radiosendung "This American Life" und verfasste die Kurzgeschichtensammlung "The Lone Surfer of Montana". Davy Rothbart lebt in Ann Arbor, Michigan.
www.foundmagazine.com

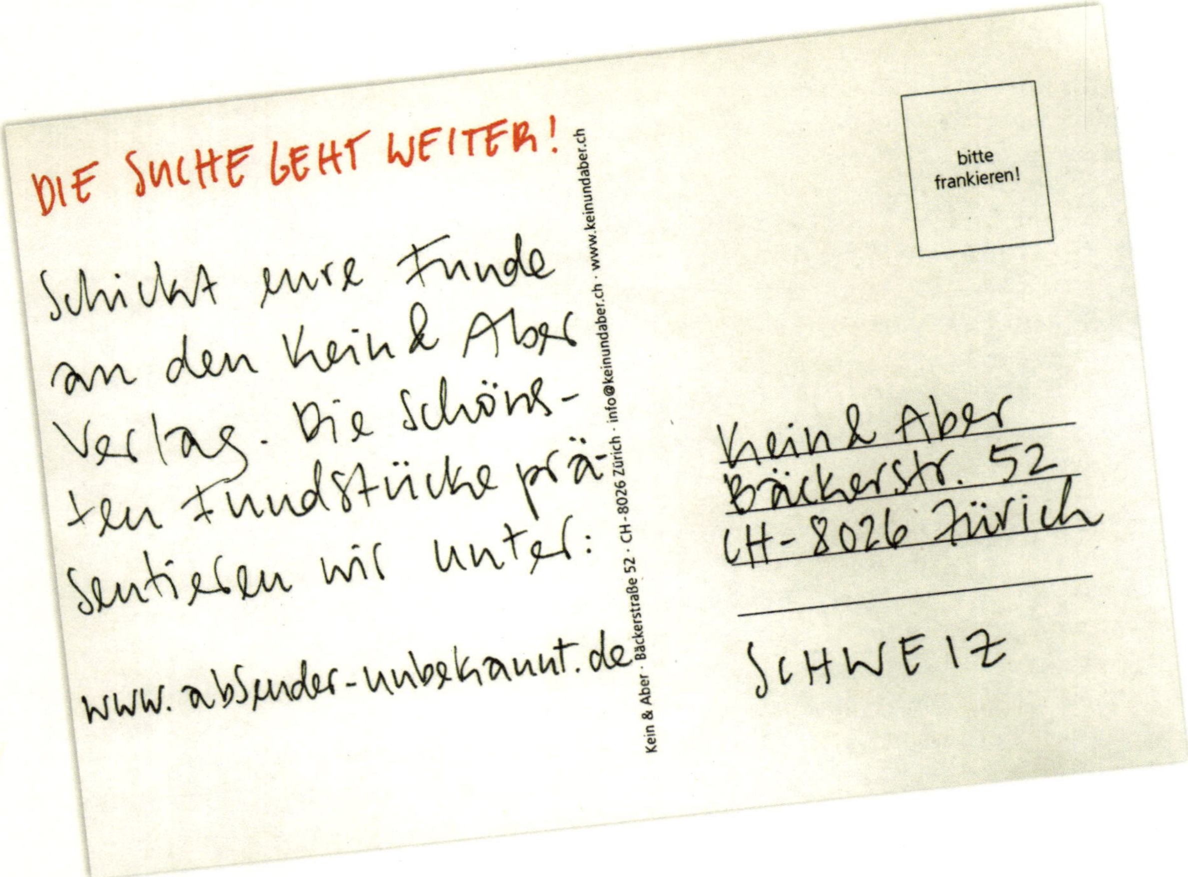

DIE SUCHE GEHT WEITER!

Schickt eure Funde an den Kein & Aber Verlag. Die schönsten Fundstücke präsentieren wir unter:

www.absender-unbekannt.de

Kein & Aber · Bäckerstraße 52 · CH-8026 Zürich · info@keinundaber.ch · www.keinundaber.ch

bitte frankieren!

Kein & Aber
Bäckerstr. 52
CH-8026 Zürich

SCHWEIZ